ツレがうつになりまして。

細川貂々
HOSOKAWA Tenten

幻冬舎

ツレがうつになりまして。

はじめに

もし　あなたの家族や
大事な友達が
突然　変わってしまったとしたら
あなたは　どうしますか？

以前は元気いっぱいで
ほがらかだった人が

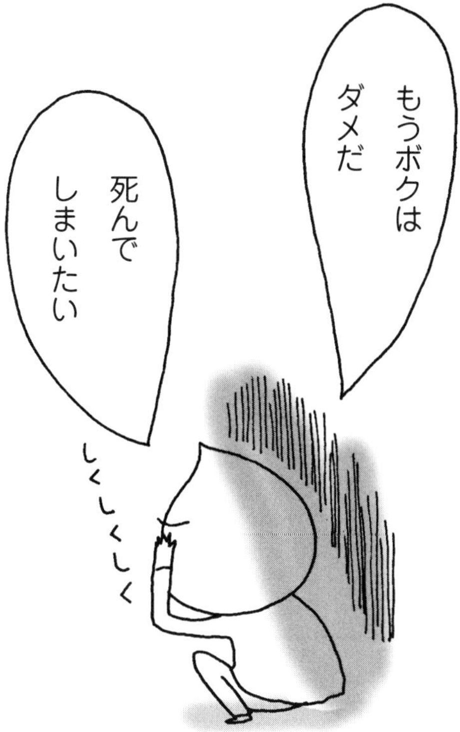
もうボクは
ダメだ
死んで
しまいたい
しくしくしく

すっかり　グチっぽくなり
目に見えて元気が
なくなってしまった

それは　もしかしたら
現代という時代に特有の
小さなつまずきによって
導かれた

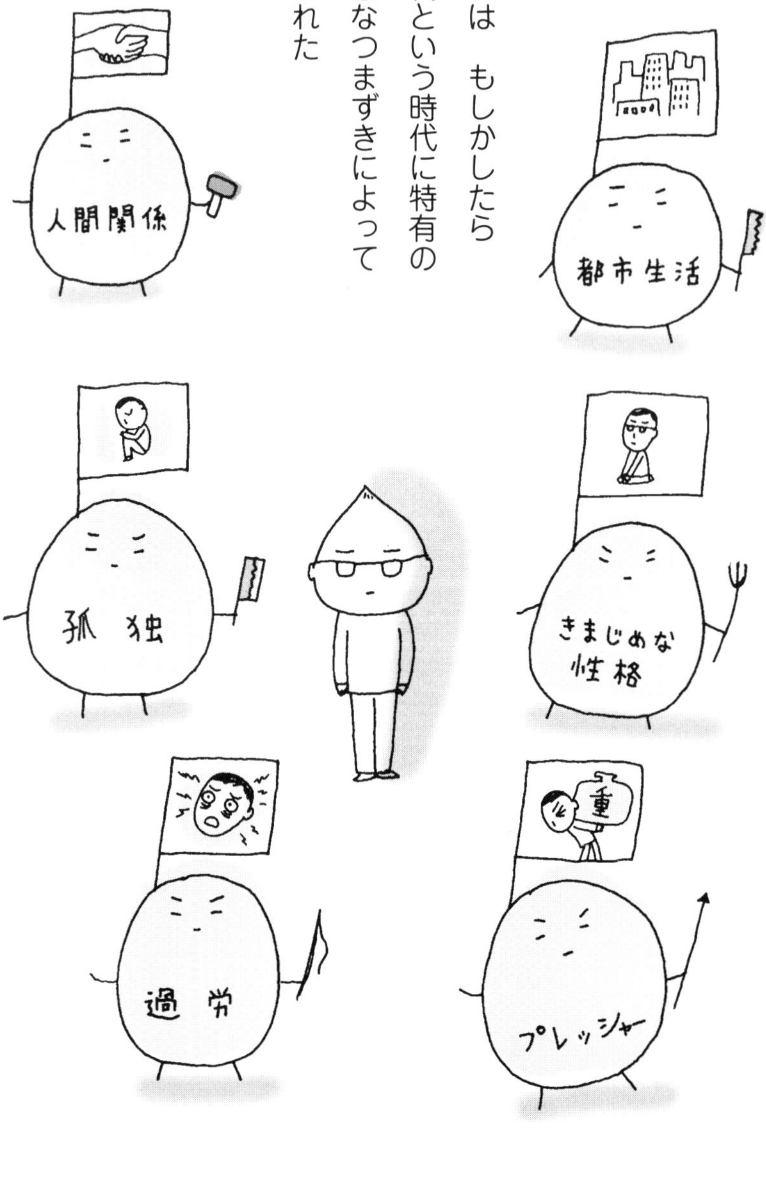
人間関係
都市生活
孤独
きまじめな性格
過労
重
プレッシャー

誰にでも起こり得る
病気のせいかもしれません

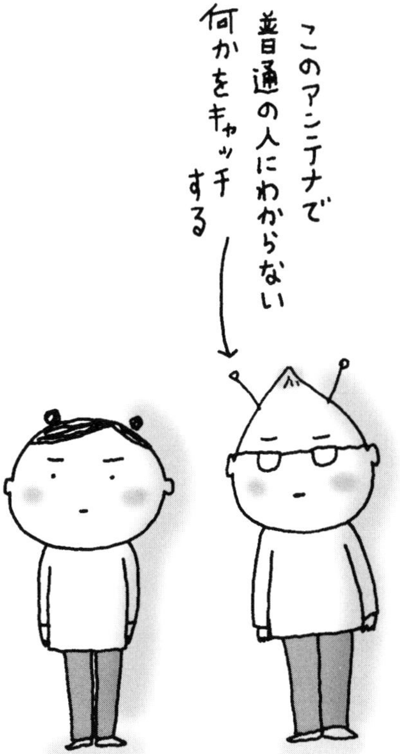
このアンテナで
普通の人にわからない
何かをキャッチ
する

一緒に暮らしているツレ（夫）が
ある日　うつ病になりました

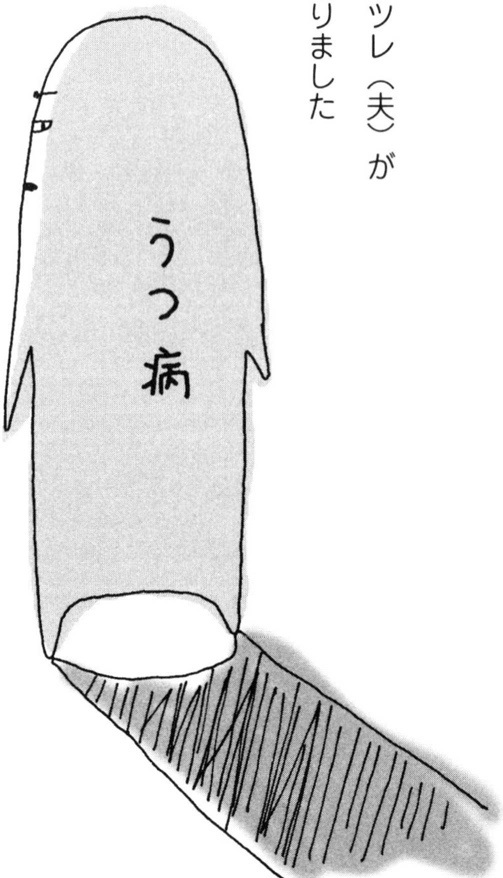

もう二度と
あの元気だった
ツレは
戻ってこないの⁉
これから一体
どうなっちゃうの⁉

目次

PART 2

一番、重くて、つらい時期。

39

PART 3

浮いて、沈んでの回復期。

71

PART 4

少しずつ、上を向いて歩こう。

95

PART 1

ある日、突然、うつ病に。

その1 ボクはスーパーサラリーマン!!の巻
ツレはハードウェアメーカーのサポート係をしていた
ハイッ サポートセンターですっ!!
怒っているお客様をなだめるスペシャリスト
その後リストラで30人いた社員が5人に……ツレはその5人の中に入った
期待されてるっ
がんばるぞー
勝ち組!!
ふたりでお祝い
ちょっとだけど給料もあがるし
ホントによかったねぇ
カンパーイ
しかしその後ツレの仕事は激増
おまたせしましたサポートセンターですっ
ひとりサポートセンター
申しわけございません
サポートしながらひとり修理センター
部品の在庫管理
どーしても数が合わないっ

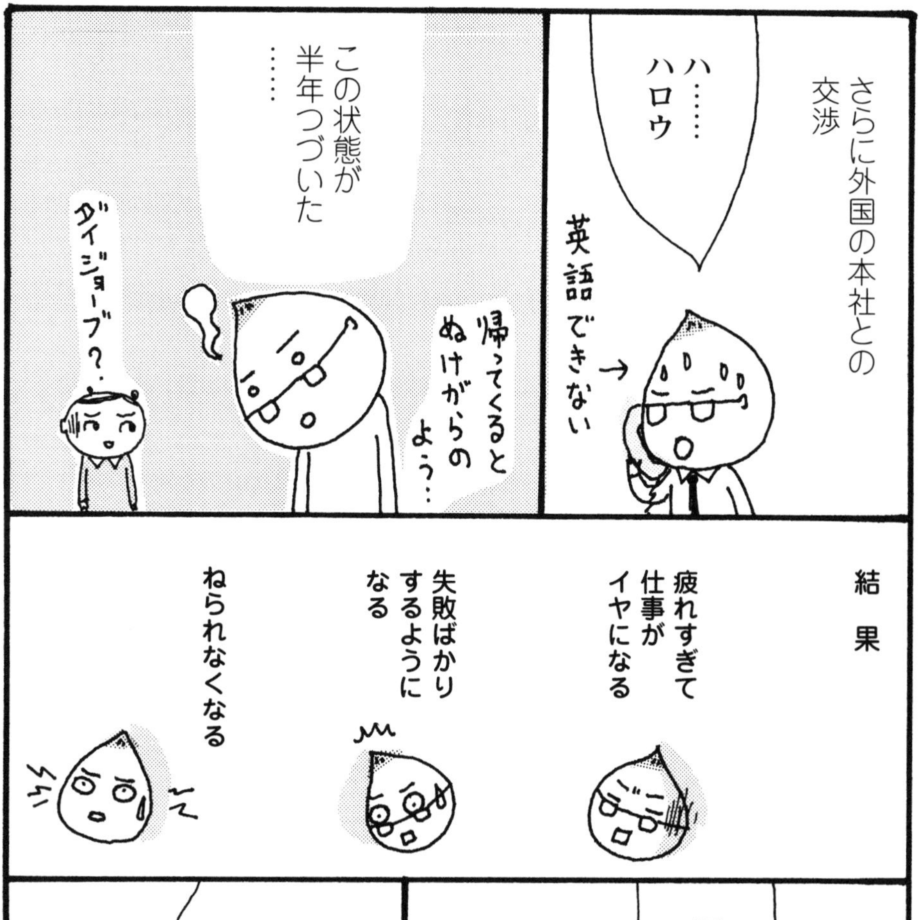
さらに外国の本社との交渉
ハ……ハロウ
英語できない
この状態が半年つづいた……
帰ってくるとぬけがらのよう…
ダイジョーブ？
結果
疲れすぎて仕事がイヤになる
失敗ばかりするようになる
ねられなくなる
ある朝
死にたい……
真顔で言う
えっ⁉
ちょっとっ!! 今すぐ病院に行きなよっ
病院での診断結果はうつ病でした

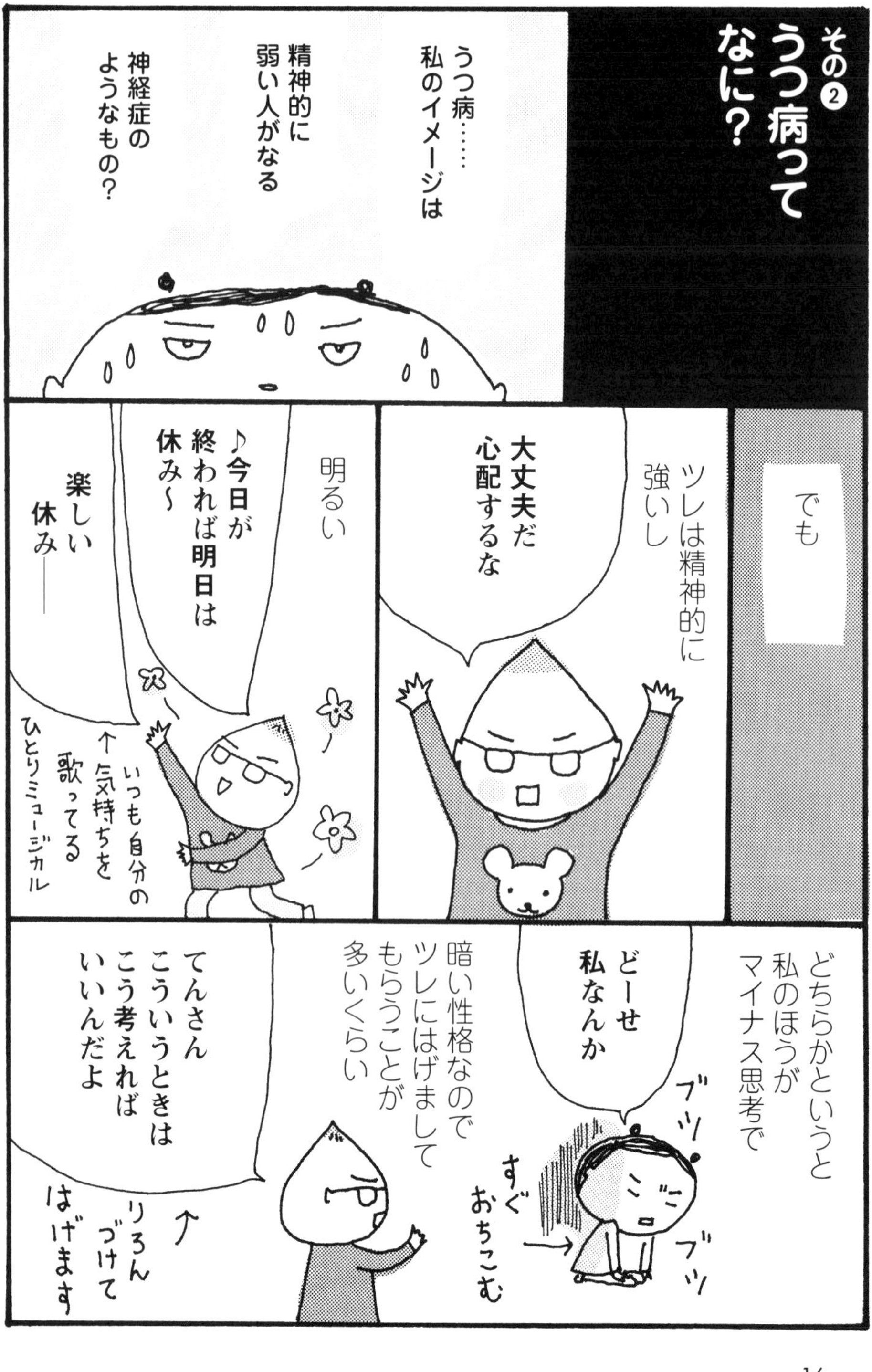
その2
うつ病ってなに？
うつ病……私のイメージは
精神的に弱い人がなる
神経症のようなもの？
でも
ツレは精神的に強いし
大丈夫だ心配するな
明るい
♪今日が終われば明日は休み～
楽しい休み――
↑いつも自分の気持ちを歌ってる
ひとりミュージカル
どちらかというと私のほうがマイナス思考で
どーせ私なんか
ブツブツ
ブツ
すぐおちこむ
暗い性格なのでツレにはげましてもらうことが多いくらい
てんさんこういうときはこう考えればいいんだよ
↑りろんづけてはげます

そのツレがうつ病？
なんで？！
うつ病は誰でもなる可能性があります
そーなのか……
↑うつ病の本
だいたいうつ病ってなに？！
ストレスにより脳内の神経伝達物質のはたらきが悪くなることによって起こります
そーなのか……
でもそんな病気の人をどう看病したらいーの？
私は一体これからどーすればいーわけ？

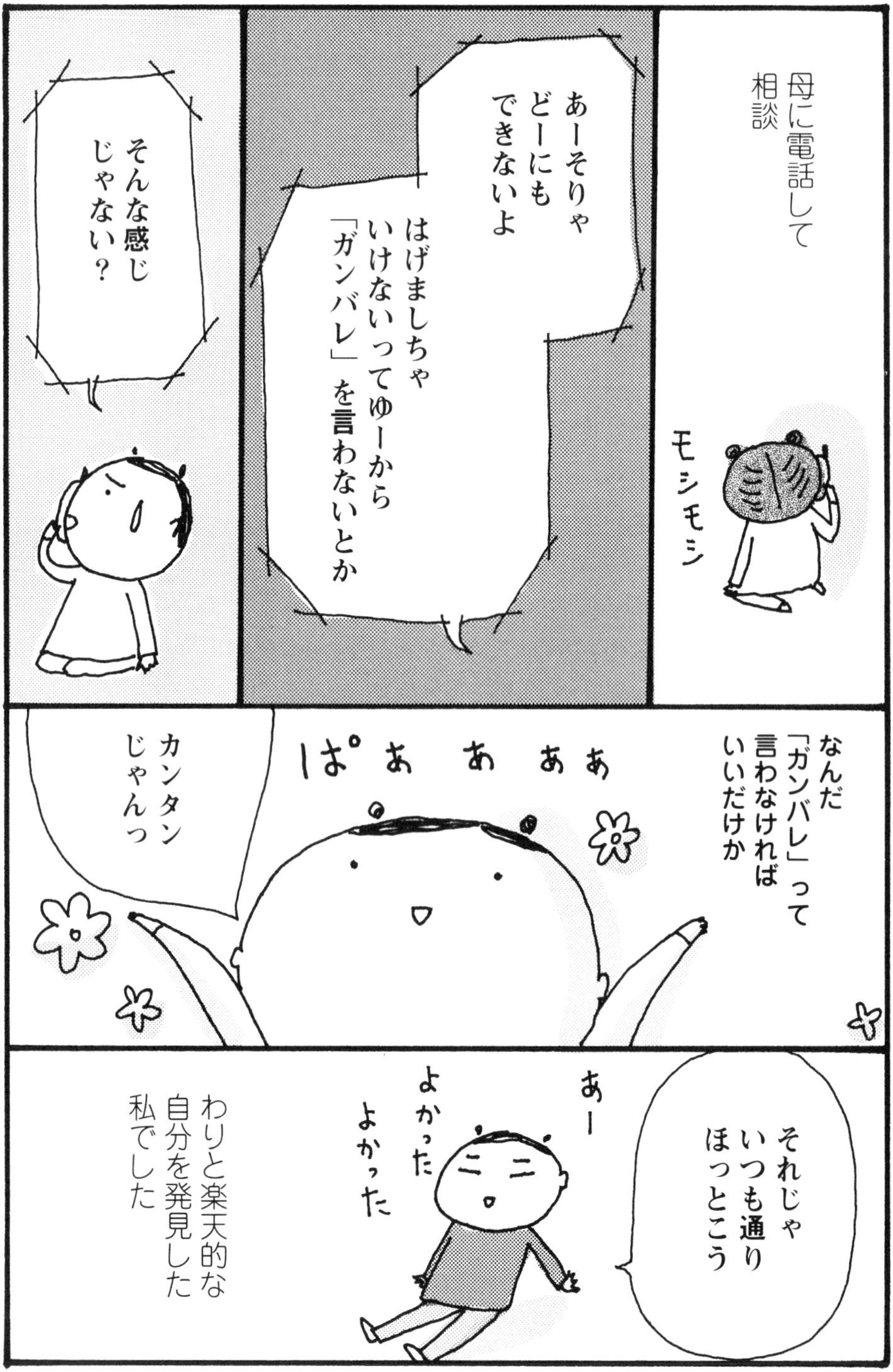

母に電話して
相談
モシモシ
あーそりゃ
どーにも
できないよ
はげましちゃ
いけないってゆーから
「ガンバレ」を言わないとか
そんな感じ
じゃない？
なんだ
「ガンバレ」って
言わなければ
いいだけか
ぱぁあああ
カンタン
じゃんっ
それじゃ
いつも通り
ほっとこう
あー
よかった
よかった
わりと楽天的な
自分を発見した
私でした

ツ　レ　の　つ　ぶ　や　き　①

どうして「ガンバレ」と言ってはいけないのか

「うつ病の人に『ガンバレ』と言ってはいけない」ということはちまたでもよく言われているようである。しかし、時と場合にもよる。あいさつ代わりならどうってことナシ。ただ、文脈的に「これとあれとそれが君のやるべきこと、さあガンバレ」と努力を喚起されると目の前が真っ暗になってしまう。なんだかもう現状維持が精一杯なのである。というか、現状維持どころか、ズルズルと敗戦目前の心境なのである。さらに戦意を喪失してしまう。

「ガンバレ」という言葉だけを物忌み的に避けても、同じ文脈で迫ってくる人もけっこういてつらかった。そのときのボクは「もっとのんびり行きましょうよ、ボクのことはどうでもいいから」と言いたかったみたいだ（もちろん、言えなかったけど）。

ESSAY

その③ うつ病になるまでのツレの変化
ツレは1カ月前くらいからずーっと眠れなかったらしい
ギン ギン
隣でねていた私はぜんっぜん気づかなかった
すやすや
ただ時々
ぐおがごー
ふごがー
ツレのものすごいいびきが聞こえて
うるせーよ
ばしっ
はがっ
ねぼけた私がキレることが多くなり
今思うとかわいそう
ボク今日からこっちの部屋でねるよ
別々の部屋にねることになりました
ケッコンして8年別々の部屋にねることは一度もなかった

食欲がなくなる
あれ？ゴハンもういいの？
うん なんかおいしく感じられないんだ
フン どーせ私のメシは……
ちがうよっ てんさんの料理がマズイって言ってんじゃないよ
なんか胃の調子が悪いし便秘もつづいてるんだ
たしかに大好きだったお菓子も全然食べなくなってました
以前のツレならまんじゅう食べたあとケーキも食べられたのに
カゼをひいたらいつまでたっても治らない おまけに原因不明の背中痛
いたた
治す気ないから治らないんだよっ
つめたい→
今考えるとみんなうつ病の前兆だったのかなと思う
ツレの変化にまったく気づかない自分のニブさにあきれました

その4 ツレのつらさ
うつ病と診断されたあともツレは会社に通いつづけていた
ある朝
てんさん もうダメだ……
ギくっ
むくっ
なに? どしたの?
ボクどうしても お弁当が 作れないよー
お弁当 作りたい のにー
えぇっ?!
「昼ゴハンくらい自分の好きな物が食べたい」と言うツレは毎朝のお弁当作りを日課にしていた
じゃあ 私 作ろうか
いいっ 時間ないし コンビニ おにぎり買う
朝からいつもの日常生活を送れないツレは打ちひしがれていた
行って きます
ゴメン ゴミ よろしくねっ
ゴミ 集積所

自分はきっと
このゴミより
価値のない
人間なんだ
じー
ボク　ここに
ゴミと一緒に
しゃがんで
いようかな……
自分なんかより
ゴミが会社に
行ったほうが
マシなんじゃない
かな？
ゴミ
でーす
仕事
します
薬は飲み始めた
ばかりで
効きめが出るのは
2週間後
しくしくしくしく
泣きながら会社に
行くことも多かった
それと副作用で
吐き気がしていた
らしい
気持ち
悪いよー
しかし数日後
薬の量を
まちがえて多く
飲んでいたことが
判明
指定された
薬の量すら
わからなくなってる
なんてボクは一体
どーしちゃったん
だろう
そのせいで
はきけが
してた
コトバも
ない
ワタシ…

その5
会社を辞める
今日　会社に
行ったらまず
一番に「辞めます」
と言いなさい
言えないんなら
私が電話して
言ってやるけど
どーする!?
わかったよー
うつ病と
診断されて1週間
ツレはまともな判断が
できなくなっていた
病気を
治すことが
先決でしょ
会社が
病気を
治してくれる
わけっ!?
ハイ
この頃が一番つらかった
と思う
ジャマだよっ
どんっ
ヨロ・・・
ねてないのでフラフラ
ぎゅう
ぎゅう
乗車率200パーセントの
朝の満員電車

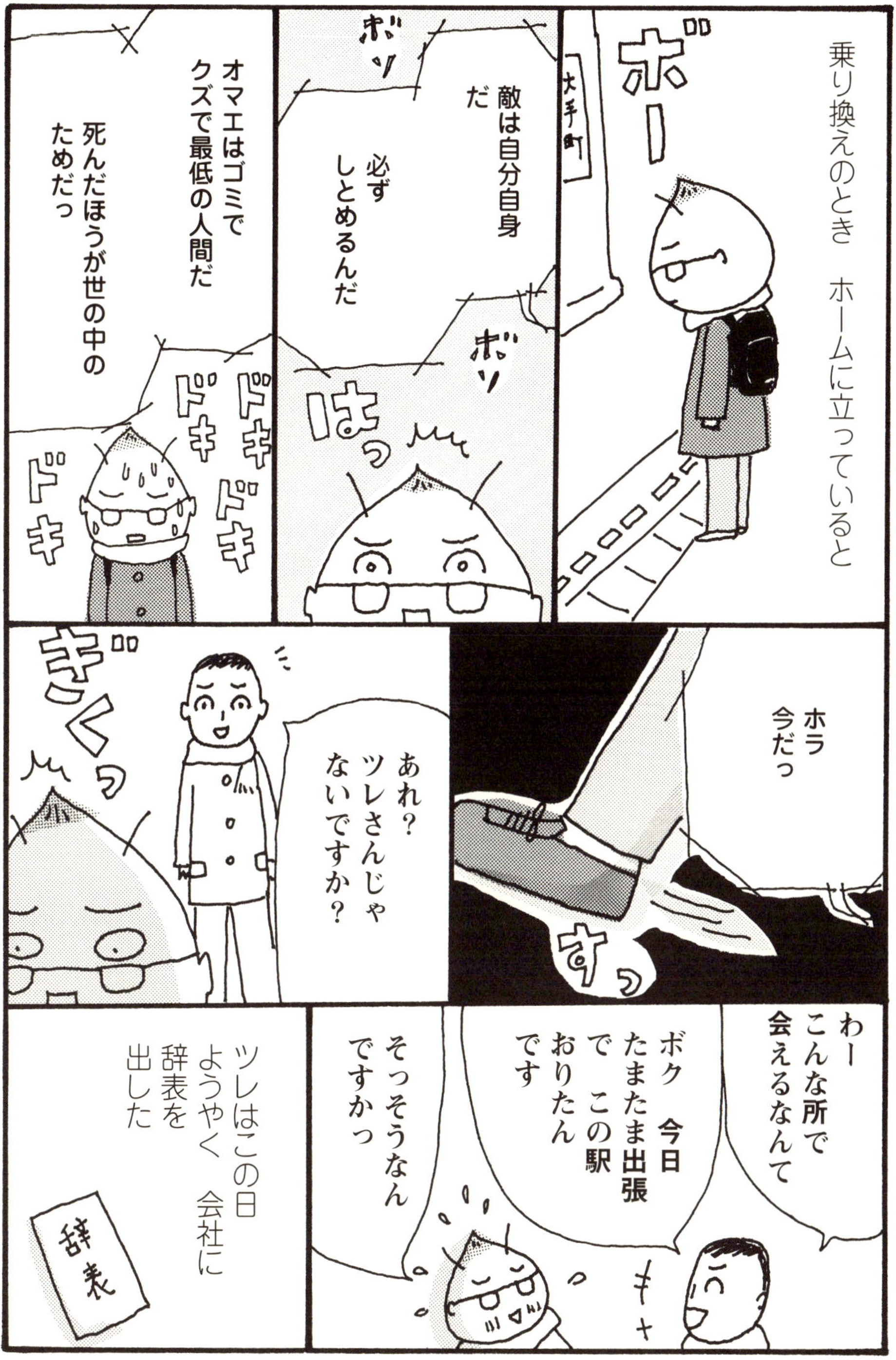

乗り換えのとき ホームに立っていると
ボー
大手町
敵は自分自身だ
必ずしとめるんだ
ボツ
ボツ
はっ
オマエはゴミでクズで最低の人間だ
死んだほうが世の中のためだっ
ドキドキ
ドキドキ
ドキ
ホラ今だっ
すっ
あれ? ツレさんじゃないですか?
ぎくっ
わー こんな所で会えるなんて
ボク 今日たまたま出張で この駅おりたんです
そっそうなんですかっ
ツレはこの日 ようやく 会社に辞表を出した
辞表

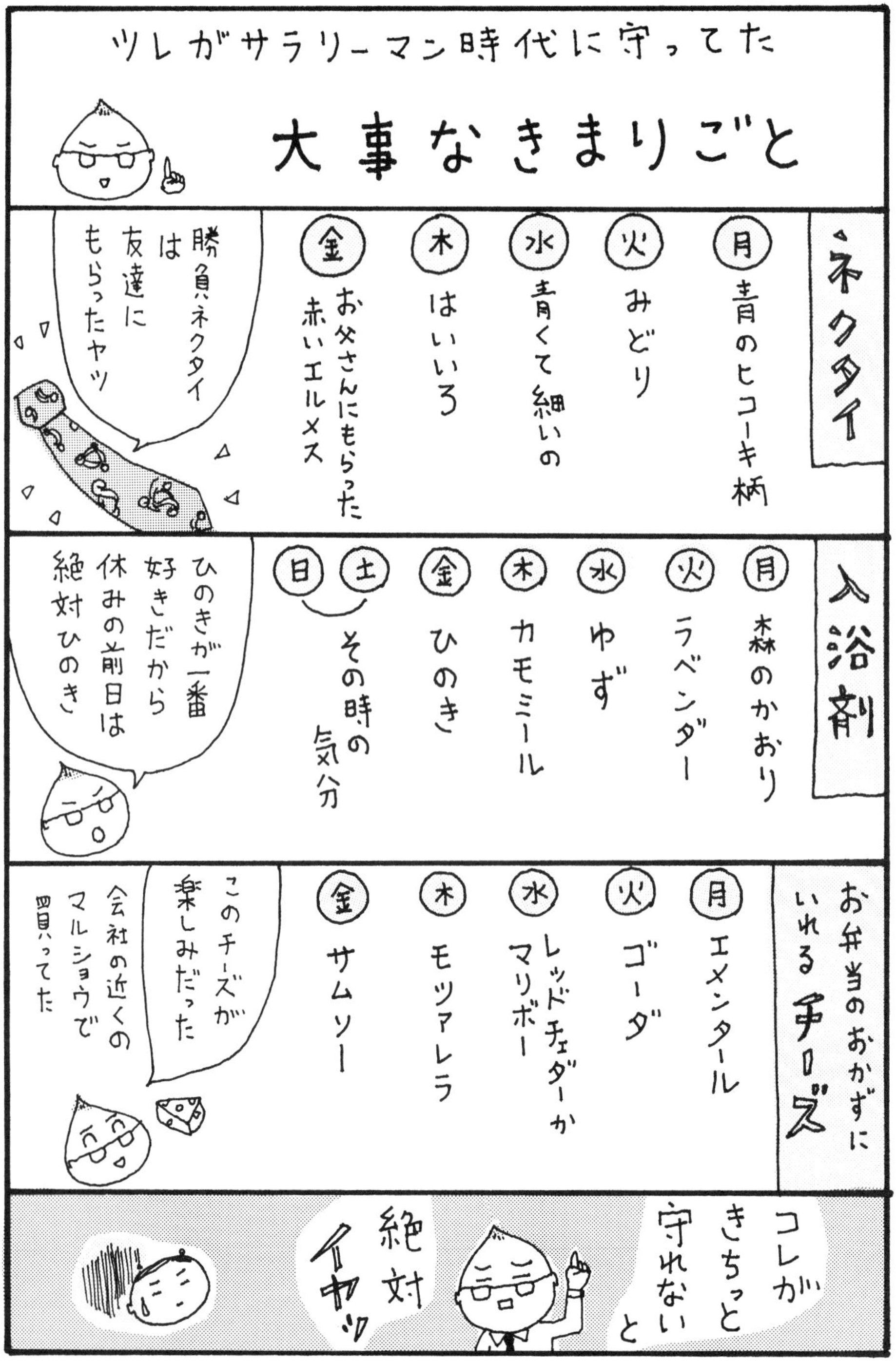
ツレがサラリーマン時代に守ってた
大事なきまりごと
ネクタイ
月 青のヒコーキ柄
火 みどり
水 青くて細いの
木 はいいろ
金 お父さんにもらった赤いエルメス
勝負ネクタイは友達にもらったヤツ
入浴剤
月 森のかおり
火 ラベンダー
水 ゆず
木 カモミール
金 ひのき
土 日 その時の気分
ひのきが一番好きだから休みの前日は絶対ひのき
お弁当のおかずにいれるチーズ
月 エメンタール
火 ゴーダ
水 レッドチェダーかマリボー
木 モツァレラ
金 サムソー
このチーズが楽しみだった
会社の近くのマルショウで買ってた
コレがきちっと守れないと
絶対イヤッ

ツ　レ　の　つ　ぶ　や　き　②

8時間かけて辞表を完成

バイトから潜り込んで社員になった会社だったが、仕事は好きだった。もっと景気がよかった頃には、年下の社員もいっぱいいて楽しかった。その頃に戻れないのはわかっていたが、なじんだ職場から離れるのはつらい。しかし病気で迷惑をかけているし、もう自分に仕事をこなせる余裕はなかった。休職を願い出る勇気はなかったが、アルバイトに降格してもらうことをずっと自分の中で検討していたのだ。しかし、それも無理そうなので辞職を決断した。

上司に相談してから、辞表を提出した。ワープロ打ちの文書にサインをして。「これじゃダメだ、手書きで出せ」と辞表を突っ返され、一晩かけて万年筆で清書した。なぜか字をまちがえる。字が正しく書けると、今度は全体に斜めに傾いていたりする。何かしら欠点が目についてしまい、結局、夜も寝ないで8時間かけて辞表を書いた。夜が明けて時間切れだ。朝の光の中で見た自分の辞表は、なんだかマヌケな小学生の作文のような字になっていた。もう仕方がない。それを提出した。

ESSAY

その6
すぐに辞められなくて大変な日々
会社を辞めることが決まったからといって特に何も変わらない
あと1カ月〜 あと1カ月〜
↑遠まわしにはげまそうとしている
この頃ツレは毎日2時間ぐらいしか眠れてなかった
朝起きられないので
がっん がっん
グーで自分の顔を何度もなぐりつけて起きる
むく
月・火・水はなんとか出社するが
行ってきます
フラ〜
木曜日になるとまったく起き上がれなくなる
今日は休む——

金曜日の朝
ゲタで頭をなぐられたような頭痛
ガローン
ものすごい汗
ふるえ
今日も休んだほうがいいんじゃない？
今 何時？
7時半だよ
ぴたっ
むく
ええっ
おさまった会社行く
体調が悪くても出社時間にはピタリと止まる!!
おそるべき会社体質!!
行ってきます
しかし会社に行ってもポカが多くて仕事にならなかったらしい
ぼー
ネクタイピン
ネクタイピン忘れて安全ピンで止めてる

その7 薬が効くっ
ガラ
おはよう
わっ
ゆうべは久しぶりによく眠れたし
朝もぱっと起きられたよっ
ホント？スゴイねっ
うんっ
薬の効果をはじめて知った朝でした
以前の自分に戻った気がして気分がいいよ
弁当も作った
いってきます!!
満員電車も今日はこわくない
ぎゅう
でもヤだけど
いつもより早い
会社のまわり散歩してみよう

あっ
このとき ツレははじめて
まわりの景色が冬に
なっていることに気づいた
そうです
そーだよな
自分だって
マフラー
してるし
コートも
着てる
いつのまに
空気はこんなに
冷たくて
日ざしは
やさしくなったんだろう
やっと人間らしい
気持ちを
とり戻せて
じーん
感動する
ツレでした

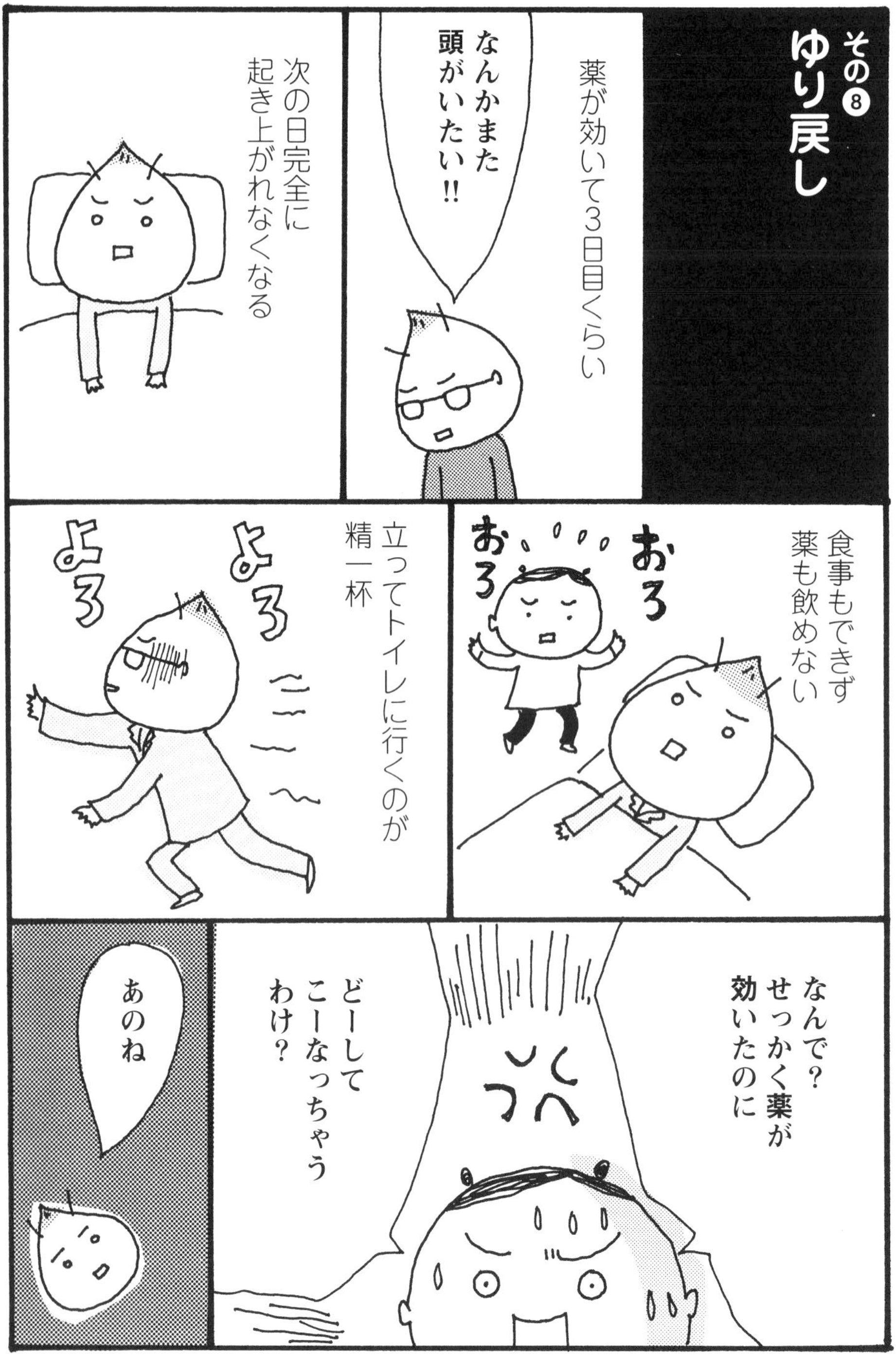
その8 ゆり戻し
薬が効いて3日目くらい
なんかまた頭がいたい!!
次の日完全に起き上がれなくなる
食事もできず薬も飲めない
おろ
おろ
立ってトイレに行くのが精一杯
よろ
よろ
なんで?せっかく薬が効いたのに
どーしてこーなっちゃうわけ?
あのね

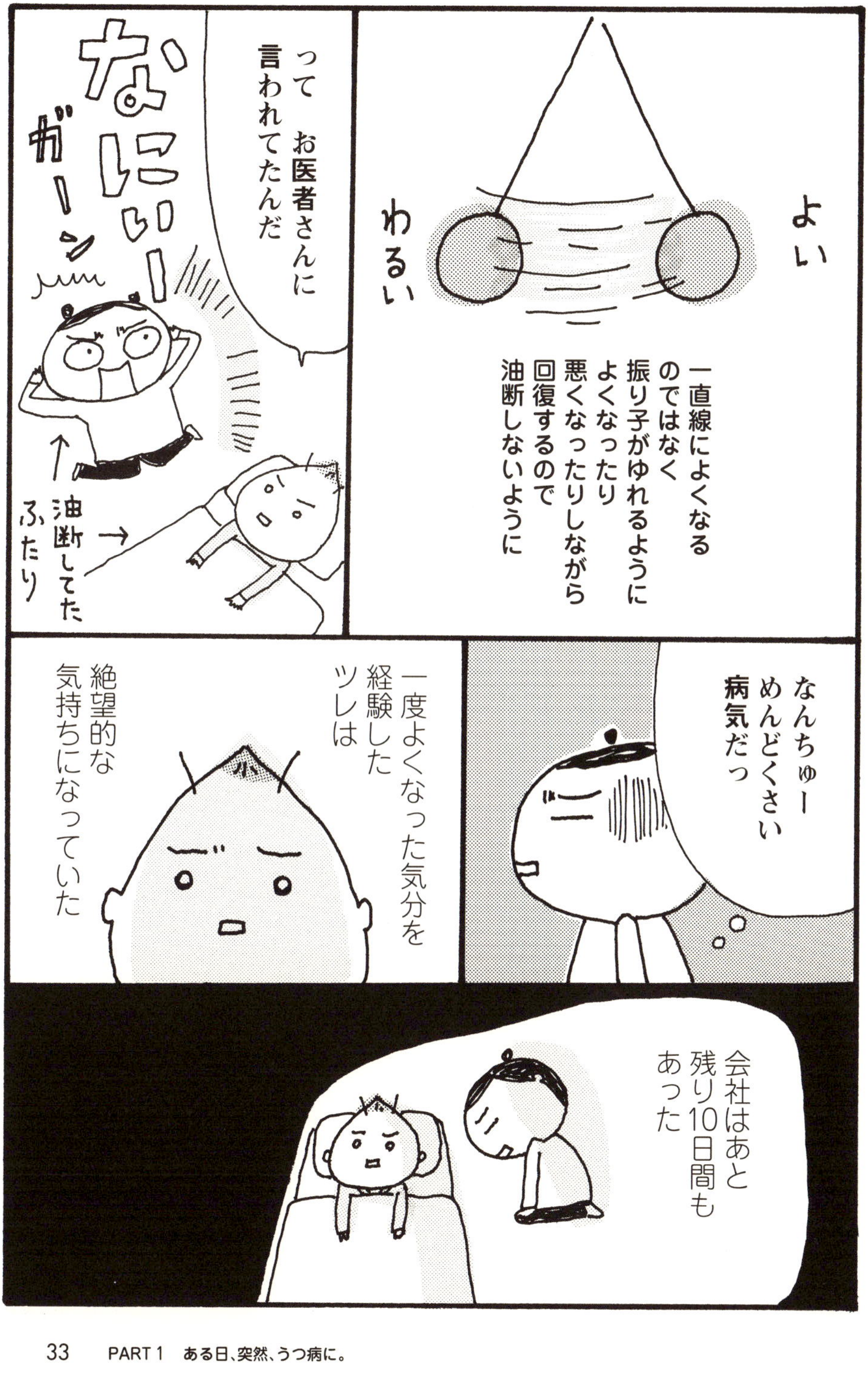
よい
わるい
一直線によくなるのではなく振り子がゆれるようによくなったり悪くなったりしながら回復するので油断しないように
ってお医者さんに言われてたんだ
なにぃー
ガーン
油断してたふたり
なんちゅーめんどくさい病気だっ
一度よくなった気分を経験したツレは
絶望的な気持ちになっていた
会社はあと残り10日間もあった

その9
食べ物に気をつける
うつ病は神経の伝達物質セロトニンの減少で起こるらしい
セロトニンがちゃんと分泌されるとゆううつにならない
セロトニンの原料となるアミノ酸のトリプトファンをとるとよいらしい
いろんな食品でとれるけどてっとり早いのは卵の白身
ということで卵を毎日食べるようにした
めだまやき
ゆでたまご
他に大豆製品はちみつバナナからもとれるんだって
なっとう
はちみつ
バナナ
もちろん毎日食べさせる
わーいなっとうだ
くちゃくちゃ
なっとうキライ
牛乳にも入っているのでねる前にホットミルクにして飲む
よくねむれるよ
一番 大変だったのが大好きなコーヒーをやめること
I LOVE コーヒー
でもコーヒーを飲むと眠れなくなる体質なのでしょーがなかったです

その⑩
最後の出勤
2004年2月27日 今日は会社勤め 最終日
1カ月長かったねぇ
私はこっとう祭に行くので はじめて朝ツレと一緒に出かける
うわっ スゴイ人
朝のラッシュ電車は想像以上につらい
よくこんなのにずっと耐えてたねぇ
えらいよ
ぎゅうー
ぎゅうー
ポロッ
コロコロ
私のコトバに思わず涙するツレ
大手町ー
大手町ー
じゃあ がんばって ほり出し物見つけてくるからっ
ツレがやっと退職する記念日なのに遊びに行く私
よしっ
この1カ月で 私も神経太くなったかな?

おまけ
人のふり見て わがふりなおす
私は小さいときから うしろ向きな性格
ヒマさえあれば 落ち込んで グチをこぼす 毎日
はぁー
ツレにも ずいぶん やつあたりを してきました
ほっといてよ
ブツ ブツ
どーせ私なんか ダメ人間だし
ブツ
ブツ
でも ツレが病気になり
ゆううつを このアンテナで キャッチ
今は逆の立場
どーせ どーせ
ブツ
自分なんか
ブツ
ブツ

一日中　解決できないグチを
エンドレスで聞かされる
うっとーしー
ブツブツブツブツブツ
ブツブツブツ
はっ
ブツブツブツブツ
でも　私　ずっと
ツレに　こういう態度
とってきたんだよな
病気でもないのに……
反省……
今まで
スマン
ツレ……
ブツブツブツブツブツブツ
そして私が不安に
なったり落ち込むと
ツレにうつることがわかり
あっ
ツレも
落ち込んでる!!
はっ
どよーん
今は
なんでも
プラス思考に
なりました
大丈夫
へーき
一応安心する
らしい

目に見えるストレス

病気が一番重い時
ツレの頭はしらがでまっ白になった
ストレスでしらがになるっていうけど
ホントなんだねっ
でもよく見たら私の頭もしらがだらけだった
ガーン
うそー
私だけでものんきにしなきゃ
へらへら
ツレの病気のことは気にしないぞと強く決めたのでした。

PART 2

一番、重くて、つらい時期。

その1
ダラダラを教える
ツレがうつ病になってわかったこと
ツレってホントにバカ真面目でカンペキ主義だね
あきれるよ
今までも
右のスピーカーと左のスピーカー音量がちがうっ
とか
えー？
シャツも このシャツにはこのくつ下とか全部着る曜日が決まってるのっ
とか
あ・そーなの
手書きで 手紙や書類を書くときは必ず定規を使うっ
などなど
自分で作った文字用定規
そのときは
ま 外国育ちだし
フランス パリ
理解できない行動してもフシギじゃないか
と 遠くから納得してました
でもっ

ツレは真面目すぎて
ダラダラする
ことができないのだっ
こんな人が
存在するなんてっ!!
夜、眠れなくて
つらいんだよー
ひーん
会社辞めたんだし
ひるねすれば？
ひるまから
ねるなんて
できないよー
ふるふる
世間様に
申しわけ
ないよー
なにっ
ツレが
会社に
行ってるとき
私は毎日
ひるね
してたぞ
スゴイだろっ
ホラ
こんな風に
横になって
ダラダラ
してみなよ
だら
こっ
こんな
感じ？
カタい……
まさか自分がダラダラの
先生になるなんて……
人生ってフシギ

その2
楽しいことだけさせる
会社を辞めて自由な時間が山ほどあるのに
いくらでも休んでいいよって言われてるのに
この次から次へと押しよせてくるユウウツは
ユウウツにのみこまれるツレの図
ユウウツの波
うわあああ
一体なぜなんだっ
やっぱりボクは もうダメ人間なんだ生きる価値などないんだ
ブツブツ
ブツブツ
ブツ
むう
ホントに真面目なヤツだな
とりあえず踊ってみる
へにゃ
へにゃ
ホーラ見てごらんヘンな踊りだよー

くる
へにゃ
ホーラ
何か楽しいこと考えてみなー
へにゃ
ジュー
今何を考えたの
料理してるところっ
えっツレの楽しいコトって料理なの？
うんっ自分の好きな物が食べたい
それからねせんたくもそうじもやりたい
ええっ
だっててんさんみんなヘタクソなんだもん
ガーン
ええわかってますともそんなことは昔から・・・・

次の日から
ツレが家事担当になった
もともと
家事ニガテ
だったし
やらなくて
いいんなら
ウレシイ♡
それから
また
ざぶーん
ユウウツ
ひーん
ボクなんか
ダメ人間だー
が はじまると
私なんか家事
全然できて
なかったでしょ
ツレはちゃんと
できてエライよ
はっ
と ほめる
一応 泣きやむ

ツ　レ　の　つ　ぶ　や　き　③

家事は究極の作業療法、だが……

わが家は相棒が家事嫌いのため、家にいると必然的に家事を任されることになってくる。というか、ボク自身、家事が好きなのだ。勤めていたときも週末には台所にこもって、ごそごそとやっていた。そうじや台所の片付け作業は精神衛生的にもいい。

だけど、料理に関しては以前の水準ほどには、なかなか復帰できなかった。うつ病で鈍くなった味覚に自信が持てない。また出来上がりを想像して味付けをするという見通しもヘタだ。おまけに作業の手順がきちんと組み立てられない。大失敗してしまうと落ち込む。なんだか手元があやしくて調味料類をばらまいてしまうこともある。台所が他の人の管轄だったら、さっさと追い出されていたことだろう。

E　S　S　A　Y

その3 それでもボクは強いんだ
この病気 お医者さんからは
最低でも 3〜6カ月は かかりますので あせらないように
と 言われて いた
担当医
ツレはなぜか
じゃ ボクは 3カ月で治るから 4月には復帰 できるな
と 思ったらしい
いくら 私が こんなことを 言っても
食べるほうは なんとかするから 好きなようにやってみないかい
「老妓抄」に 出てくる 老芸者のように 一度言ってみたかったセリフ
実際 私には 仕事などなく
退職金が あるし しばらく 大丈夫ー
ゴロ ゴロ
やっぱり ボクが なんとか しなければ
とツレは感じていた
だからすぐ職安に行き 失業保険の申請をした
よろしく お願いします
係
しかし
今の時代 就職するには 自分の年齢の数 面接に行かなく てはダメです
係
がーん
じゃーボク 39回も!?

やっぱりボクは
ダメだ
ダメ人間だ
カメフトン
しくしくしく
ツレは病気になっても
自分は「強い」と
過信していた
ボクは
スーパー
うつ病マンっ
う
その後　本を読んで
くわしく病気のことを知る
最低でも
3～6カ月って
ことは
6カ月ぐらいでも
最も軽い病状と
いうことだったのか
うつ病
がーーん
しかも6カ月
ぐらいの短い期間で
治った例は
すぐに再発する
危険もある
ががーーん
平均的には
完全に戻ったと
感じられるまで
1年ぐらいはかかる
長い場合は
7年とか
10年かかってる
人もいる……
まだ
治療生活は
はじまった
ばかりだ
あせるなツレっ
しくしくしく
ぐっ
ファイト

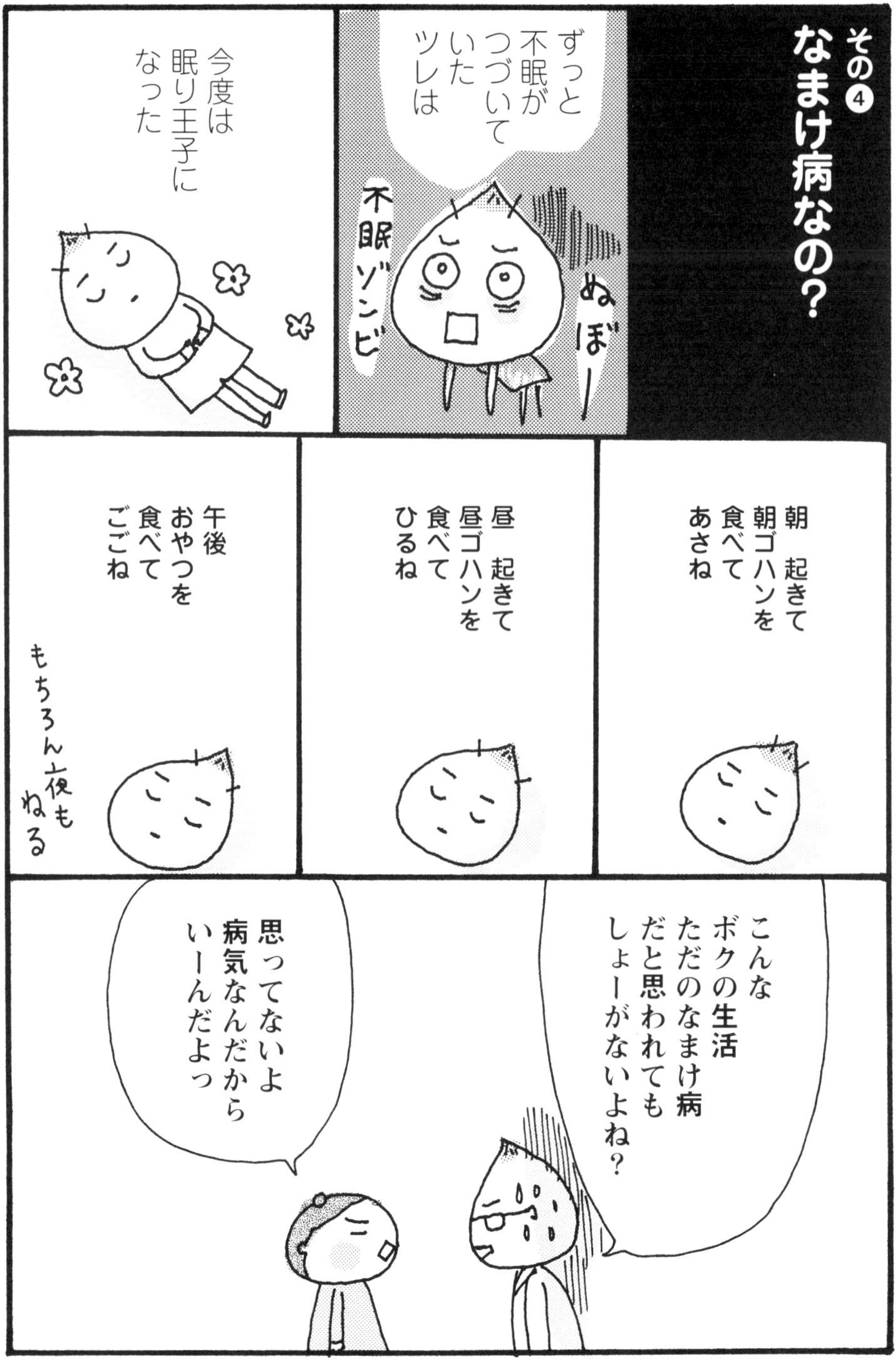
その④ なまけ病なの？
ずっと不眠がつづいていたツレは
不眠ゾンビ
ぬぼー
今度は眠り王子になった
朝 起きて 朝ゴハンを 食べて あさね
昼 起きて 昼ゴハンを 食べて ひるね
午後 おやつを 食べて ごごね
もちろん夜もねる
こんな ボクの生活 ただのなまけ病 だと思われても しょーがないよね？
思ってないよ 病気なんだから いーんだよっ

でも
てんさんは
思ってなくても
世間は思うよね？
世間と関わって
ないんだから
気にするなっ
へーきっ
でもっ……
ツレ自身が
一番
なまけ病
みたいだって
思ってるん
だね？
はっ
しくしくしく
余計な
こと
考えないで
ねてなさいっ
カメフトン
ツレは
やっぱり
真面目な
人だ

その5
言われて困るコトバ
私はコトバづかいが悪い
コロすぞコラっ
じーん
本棚にぶつかっておこってる
ツレはちょっとしたコトバづかいに傷つくので注意しなければならなかった
はっ
ツレに言ったんじゃないよ
コトバづかいをよくする練習もした
お気を悪くされたらごめんなさい
「ふざけんな」のおじょう様活用
おじょうさまコトバの本
でもいくら私が気をつけても
ホントによろしくないわね
外に出るとそうもいかない
病気だって聞いたけど元気そうだね
久しぶりに会った知人
でもねー うちは もっと大変
こんなにつらくて死にそうにコンチクショーで ベラボーなんだ
うわー ちょっと カンベンして

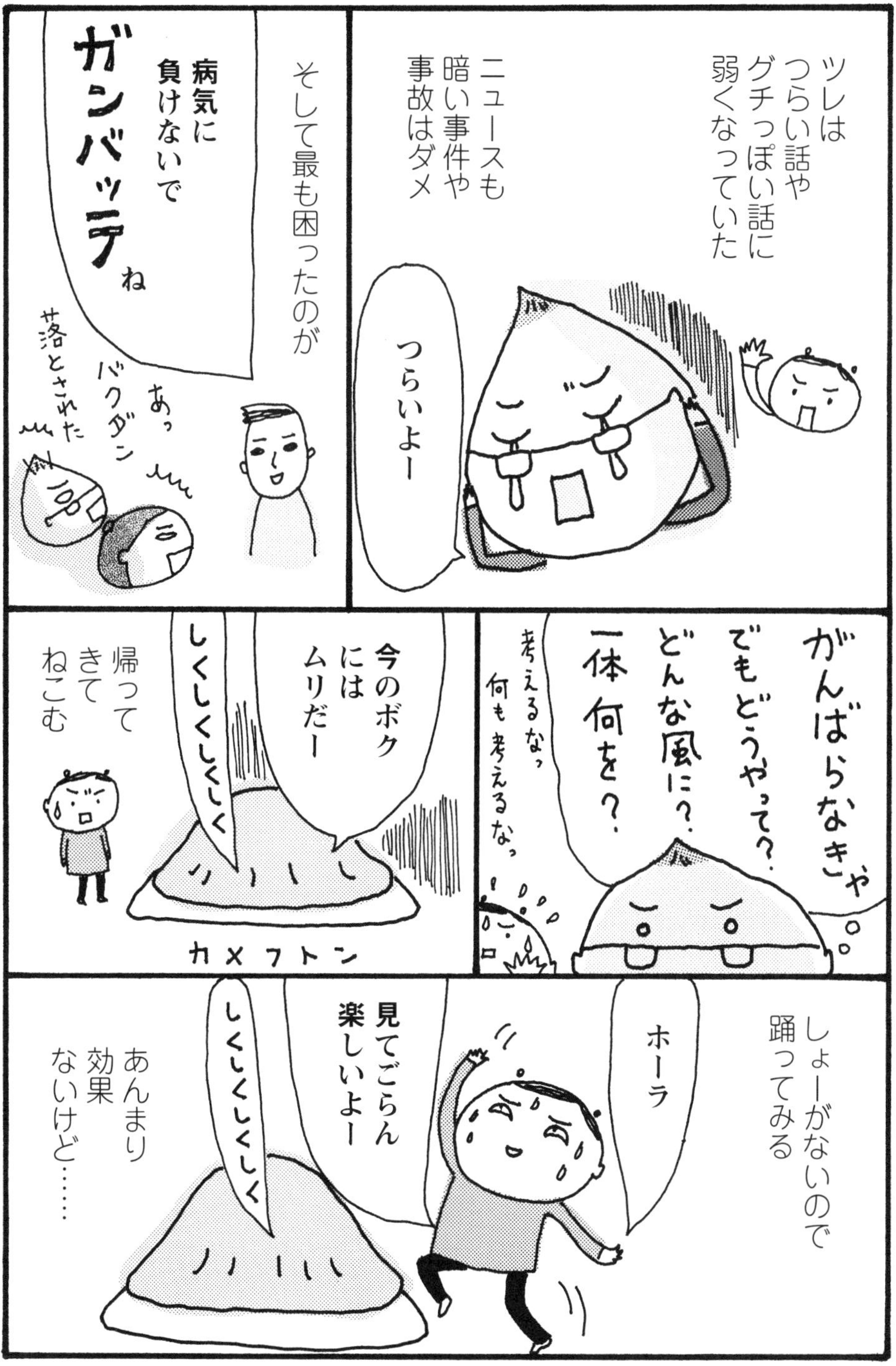

ツレは
つらい話や
グチっぽい話に
弱くなっていた
ニュースも
暗い事件や
事故はダメ
つらいよー
そして最も困ったのが
病気に負けないで
ガンバッテね
あっ
バクダン
落とされた
がんばらなきゃ。
でもどうやって?
どんな風に?
一体何を?
考えるなっ
何も考えるなっ
今のボクにはムリだー
しくしくしくしくしく
帰ってきてねこむ
カメフトン
しょーがないので踊ってみる
ホーラ
見てごらん楽しいよー
しくしくしくしくしく
あんまり効果ないけど……

その6
まわりの情報を受け入れられない
またツレが泣いている
しくしくしく
どーしたの？
あんなに大好きだったクラシックの音楽が聴けないんだ
ええっ!!
クラシックおたくのくせに曲が聴けないってどーゆーこと？
わかんないよー
最近本も読めないし
新聞も全然読めない
そーいえば読んでない↓新聞の山が
はっ
なんか読んだり聴いたりしても頭に入ってこなくてつらくなっちゃうんだよ〜

へー
うつ病って
フシギなこと
多いね
宇宙人の
カゼみたい
へ?
そうだっ
今日から
宇宙カゼって
呼ぼう!
くそー　人のこと
だと思って~
そんなツレの
ことなど
気にもせず
わははは
テレビ好きの私は
一日中　テレビを
つけていた
ん?
しくしくしくしく
何　今度は
どーしたの?
しくしくしく
テレビの
音が
つらいよー
つらいよー
カメフトン

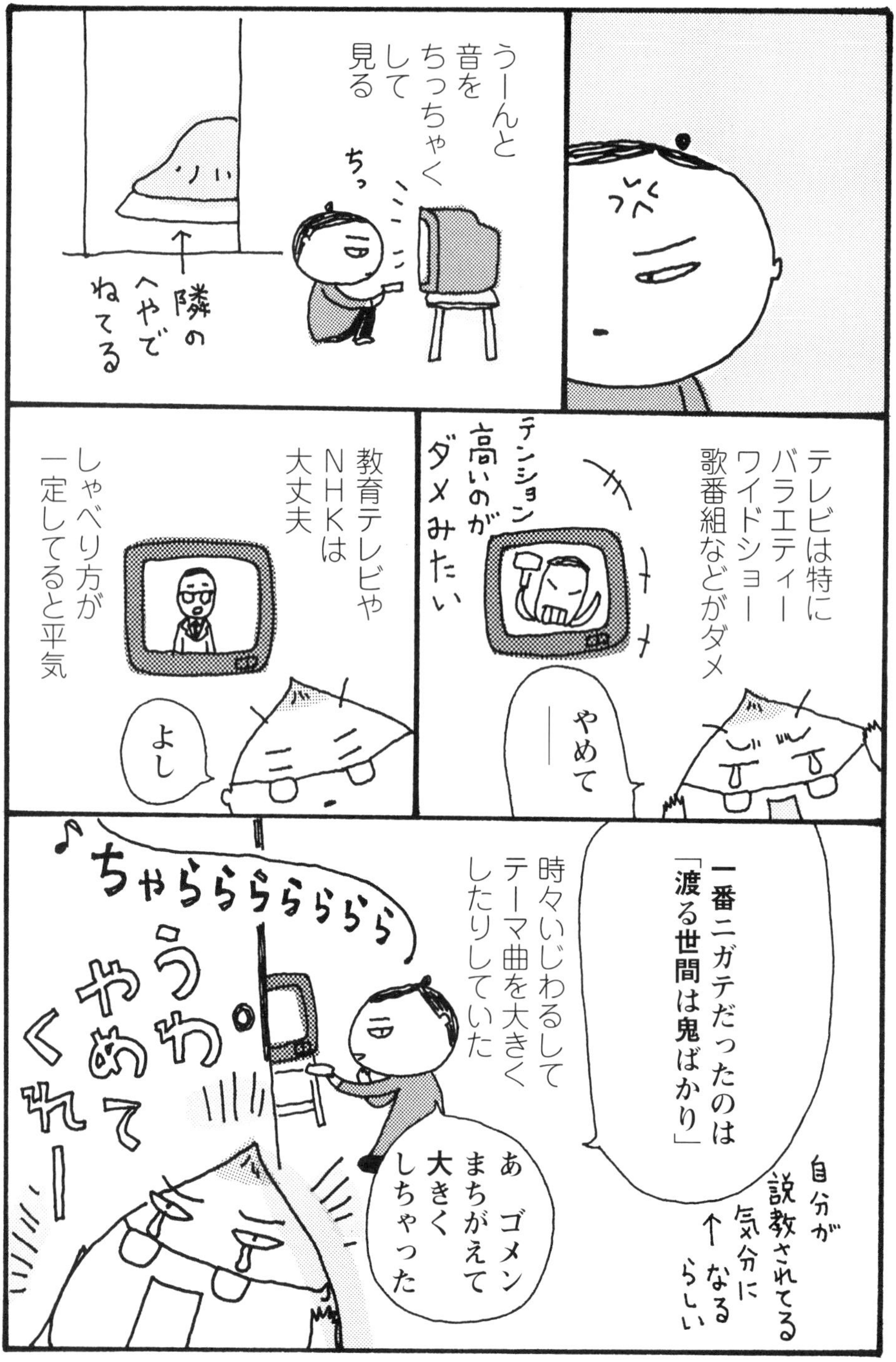
うーんと音をちっちゃくして見る
ちっ
隣のへやでねてる
テレビは特にバラエティーワイドショー歌番組などがダメ
テンション高いのがダメみたい
やめてー
教育テレビやNHKは大丈夫
しゃべり方が一定してると平気
よし
一番ニガテだったのは「渡る世間は鬼ばかり」
自分が説教されてる気分になるらしい
時々いじわるしてテーマ曲を大きくしたりしていた
♪ちゃらららららららら
うわやめてくれー
あ ゴメン まちがえて大きくしちゃった

ツレのつぶやき④

クラシック音楽が好き

ボクはクラシック音楽が好きだ。特にオーケストラの響きが好き。後期ロマン派からロシア音楽、フランス印象派から20世紀の音楽も好き。演奏会に行くよりもCDを買いあさり、ヘッドフォンで集中して何度も聴くようなマニア的な聴き方をしている。その結果、バランスの取れた素直な演奏よりも、少しゆがんだような独特の演奏のものを偏愛することになってしまった。

うつ病が一番ひどい時期は音楽も聴けなかったのだが、回復してくるとまた聴けるようになってくる。それでインターネットの通販サイトにレビューを書いて投稿し始めた。しかし悪い癖で投稿が義務のように感じられてくる。さらにはレビューを読んだ読者からの反応があると、よくても悪くても動揺する。自分にはまだ時期尚早と思われて、スッパリとレビュー書きからは撤退することにした。

ESSAY

その7
申しわけない病
会社を辞めて1カ月がすぎた
しくしくしくしくしく
ツレは朝から泣いていた
カメフトン
今日はどうしたの？こわい夢でも見た？
それとも眠れなかったの？
なんか……申しわけないよー
しくしくしくしく
は？
何に申しわけないの？
しくしくしく
会社辞めて1カ月たったのに病気が治ってなくて申しわけない
そんなのしょーがないでしょーが
今 自分はできる範囲の家事をやってればいいだけだ申しわけない
私は楽で助かってるぞ

何のとりえもなく
努力もしていないのに
こんな楽な生活
していいのだろうか
申しわけない
いいんだよ
病気なん
だからっ
てんさんの漫画が
売れていないのは
ボクのせいだ
申しわけない
コレ全然
関係
ないだろっ
ペットたちにも
こんな飼い主で
申しわけない
カメ
イグアナ
もう何も
考えるなっ
しかし
さすが
宇宙カゼ
おもしろいぞ
ぷっ
しくしくしくしく
「申しわけ
ない節」って
歌ができそ
笑っちゃいかんっ
とっ　とにかく
前はボーッと
ねてばかり
いたのに
あ、
笑いそう
ぷぷっ
いろんなこと
考えられる
ようになって
よかったんじゃ
ないの？
しくしくしくしく
その場しのぎのセリフは
ただむなしく部屋に
ひびきわたるだけだった

その8
自殺念慮
自殺
したい
ツレが 突然 言いだした
のでびっくりした
……
さすがに
声も 出ない
なんでも
うつ病になると
自殺念慮《ねんりょ》という
ものがあらわれ
宇宙カゼ……
おそるべし
ドキ
ドキ ドキ
ドキ
ものすごく
黒いカゲしょってる
突然自殺したく
なるそうなのだ
そのときは
笑いとばして
ゴマかした
やだよ
この人はっ
ドキ ドキ
ドキ
しかし その後 こんな時期に
私は大変なことを
してかしてしまう
この頃 私はいろんなことが
いっぺんに来た疲れが出て
ちょっとしたことで
ムカムカしていた

ある日
ほんのささいなことがきっかけで
ブチッ
やってはいけないとわかっているのに
ツレにやつあたりをしてしまった
いーよなダラダラねてるだけの人はっ
こんなに気楽な生活してるのに何が不満なんだろーねっ
役に立たないって思うんなら入院しろよっ
治るまで帰ってくんなっ
ツレの日記には「治るまで帰ってくんなっ」を　連続8回　言われたと書いてあった……
うわあああ
と叫び声がして
私の部屋にゴミが投げられてきた

ツレが切れたのだ
わー
しかし この行動に 私は もっと切れた
ブチッ
ふざけんなーー
私の部屋は ゴミすてばじゃ ねーぞっ
私の横に何かが とんできた
ひゅっ
ドカーン
私が愛用してる 足ぶみ器だった
ゾー
15kgくらいある
殺す気かー こんなの 頭に あたったら どーすんだーー
ブチ
ブチ
ブチ
そのとき ツレはもう 部屋にいなかった
フロ場に とじこもって 泣いていたのだ
うっ
うっ
うっ
そして フロ場の ドアノブで 首をつろうと したらしい

そんなことになっているとはまったく知らない私は怒りのメールを友達に打っていた
ごー
もはや鬼→
私のへや
フロ場
カベ一枚
はっ
今ボクが死んでもてんさんはまわりに自分の都合のいいことしか言わないかも……
鬼
ちょっとばかばかしいかな……
ツレのカンはするどかった私は自分に都合のいいメールを打っていた
私のメール電波がツレに届いたのかもしれない
ツレが突然狂ってぼーりょくふるってきたDVだDVだ
ツレが自殺しようとした事実は　ツレの日記を読んではじめて知ったゾッとした

その9 お天気屋さん
ここのところ ツレは 落ちついていた
でも 雨の日になると 調子が悪くなる 気がする
ツレは
雨とか お天気とか 関係ないよ
と言っていたが
やっぱり雨の日は ねこんでしまっていた
ザー
でもこれって ある意味 安心です
だって 天気予報見て その時期の病状を 予想できるから
テレビのお天気コーナーは 私たちの重要な時間に
うーん 来週あたり ヤバそう だね

その⑩
勝手に薬をへらす
4月の終わりから5月の半ばにかけて落ちついた生活を送れるようになっていた
雨の日はダメだけどあとはなんとか平気
回復してきたじゃんっ
よかったねー
しかし突然ダメになる
しくしくしくしくしくしく
ななな なんで?
カメ フトン
じつはさもう治ってきたと思って薬へらしちゃったんだ
んえっ
なんで勝手にそんなことするのー?
もう大丈夫かと思ったんだよー
せっかくよくなってきたのにまた一からやり直し
もうっ!!
また薬が効くまで2週間かかる……

その⑪ ひとりぼっちがダメ
6月半ば 私は友達との2泊3日の旅行に出かけた
ホントに大丈夫?
ツレがうつ病になってはじめて ひとりになるんだよ
へーきへーき
ここんところ調子いいし薬もちゃんと飲んでるから大丈夫
たまには息ぬきしてきなよ
夜 電話するから
いってきます
心配だったけどツレを信じて出かける
いってらっしゃい
夜……
モシモシ 調子はどうー?

うん
なんとか
なるよ
ほっ
安心して
楽しんで
きな
よかったー
ひとりで
いられるように
なったってことは
回復したんだね
しかし
2日目の
夜
モシモシー
………
モシモシ
ツレ？
………
？
だだだ
大丈夫？
ねぇ
返事しなよ
おかえりー
よろ
私がるすの間
不安で一睡も
できなかったらしい
こりゃー
しばらく
旅行は
できんわ

その⑫
突然おそってくる
だんだん一緒に外出できるようになったツレ
スミマセーン これ くださーい
でも
いらっしゃいませ ご注文おうかがいします
ピキーン
はっ
……
あ あの シュークリーム 2個ください
突然 コトバが 出なくなる ことがあったり
道を歩いていて
アレ キレイだねぇ
突然 泣きだしたり
ピキーン
ひーん

スーパーのレジで
3215円に なります
えーと 3000円と……
ピキーン
突然お金が 数えられない
215円 だよ
こんな風に 突然 何かが おそってきて ツレを悩ませる 日々が つづき ました
ピキーン
またまた おそるべし 宇宙カゼ
じー
こういう日は すごく落ち込むので 困ります
どうしちゃったんだろう ボク……
しくしくしくしく
カメ フトン
でも一番 困ったのは
突然
手を つないで くれないと 歩けない
ピキーン
と泣かれたとき
ハズカシいったら ありゃしない

その⑬
春のまとめ
会社を辞めて
環境を変えれば
治ると思ったけど
よくならない
やっと眠れるようになって
毎日ねてるけど
よくならない
これじゃ　ただの
使いものにならない
ダメ人間だよ
～
しくしくしくしく
とツレは泣く
でも私は
誰か家に
いるっていいな
話しかけると
返事してくれる
相手がいるって
いいな
家事も
やらなくていいし
と　喜んでいたのでした

ツ　レ　の　つ　ぶ　や　き　⑤

ボウズという髪型

子供の頃、ボウズ頭にしている子を見て、自分がそんな髪型をするのは絶対に嫌だと思っていた。お寺のお坊さんを見て、異様な頭だと感じた。頭を剃ったお坊さんに追いまわされるこわい夢を見たこともある。中学生のとき、野球部に入った子たちが丸刈りにされるのを見て、これにも恐怖感を覚えた。

だけど今のボクの髪型はボウズ頭である。しかもときどきカミソリでスキンヘッド（ボウズ頭をさらに剃った頭）にしてしまったりもする。これは療養生活をはじめた頃、床屋さんに行くのがこわくて、うっとうしい白髪頭がボサボサになってしまったことの反動でもある。治ってきても床屋さんに長居をするのは苦手だ。

まあ、普通の勤め人をやっていたら、こんなスキンヘッドにはできないだろう。薄いはずのヒゲも生やして、なんというかあやしい。老境の先取りのような雰囲気である。早く年寄りになりたかったのでちょっとうれしい。

E S S A Y

桜が咲いた!!
桜が咲いたので気ばらしに見に行った
わーキレイだね
どよーん
なんで?!
よくわかんないけど満開の桜見ると
どうして自分はこんなにつまらない存在なんだろうってゆううつになる……
しくしく
帰ろっか
全然気ばらしにならなかった……。

PART 3

浮いて、沈んでの回復期。

その1 過去の自分とくらべる
まだ うつ病とわかる前 毎晩 眠れない日が つづいても
うおぉぉ
会社に 行きながら 夜もねないで 好きなことが できる!!
って 喜んでいたんだ
20代の頃は いくら徹夜 しても平気 だったし
まさか 自分がうつ病に なるなんて 思ってなかった から……
今 思うと ハズカシー
20代の自分は もっとあれもしたい これもしたいって
音楽つくってみたい
本かいてみたい
20代のツレ
やりたいこと いっぱい あったのに
今は何も 思いつかないし できないよ……

ツレがうつ病になって
半年すぎた
はー
以前のように劇的にひどい症状はなくなったけど
今の自分を
昔の自分とくらべて
落ち込むことが多くなった
しかも一番
元気だった
頃の自分
しょーがないよ
みんな年とっていくんだからさっ
これからまた
やりたいこと
見つかるよっ
そーかな？
そーだよっ
そーかな
そーだよっ
はぁぁぁ
……
昔の自分とくらべて
落ち込むなんて
理解できん
男の人ってそーゆーもの？

その2 ソンな性格
最近 昼間に子供をよく見ると思ったら
もーすぐ夏休みなんだねぇ
はっ
どよーん
なにっ？
子供の頃から夏休みとかお正月とか
連休になると必ず熱出してねこんでた
そーいえば会社に入ってからも長い休みになるとねこんでたね
わーそうなんだ自分はソンな体質だっ

すっごく楽しみにしていた休みなのに
いつも休みの半分は
ねてすごす
休みに入るとねてばかりで楽しくない
てゆーか休みなんだからずっとねてたっていいーんじゃないの？
私が会社員やってるときは 休みの間中ずっとゴロゴロねてすごしたよ
それってすごくつまんない人生じゃない？
かぁぁ
あんたに言われたくないよっ!!

その3
自分の存在
その年の夏は猛暑で35℃を　こえる日がつづいた
あ　見て あの人 暑そうだねえ
夏でも 長ソデ 長ズボン サラリーマン
今年の夏は あのカッコウを しなくていいのかと 思うと
ボーシ
Tシャツ
短パン
ホッと するよ
よかったねぇ
でも　あの人は 大変そうだけど 社会の役に 立ってるんだ よね
えっ
最近の ツレの テーマは 「自分は何かの 役に立ってる のだろうか？」 だった
どよーん
ツレだって 役に立ってるよー ワタシのー

家にいても
ヒュードン
わー
キャー
花火やってるね 楽しそうだ
近所の人の楽しそうな声や
ぷーん
おっ 下の家 カレーか？
どこかの夕食のしたくのにおいに
なんか世間に追いつめられてる気がする
えっ
オマエは役立たずって……
……
街を歩いていても
自分がいなくても人々は元気に暮らしているな
は？
自分は必要とされているのだろうか？
だから 私が必要としてるって!!
いつもこんな感じ

そんなある日
ペットショップで
ギリシャリクガメ
半額セール
バチッ
あ
いっ 今
自分を必要と
してるって
うったえてた
半額だし
めんどう
みるから
買って!!
へえー
松井～
（と名付けた）
パパだよー
この調子で
ツレはあと
１匹
リクガメを
ふやす
ことになる
……
もしかして
私の存在は
カメ以下って
こと？
他にイグアナとヌマガメ３匹いる

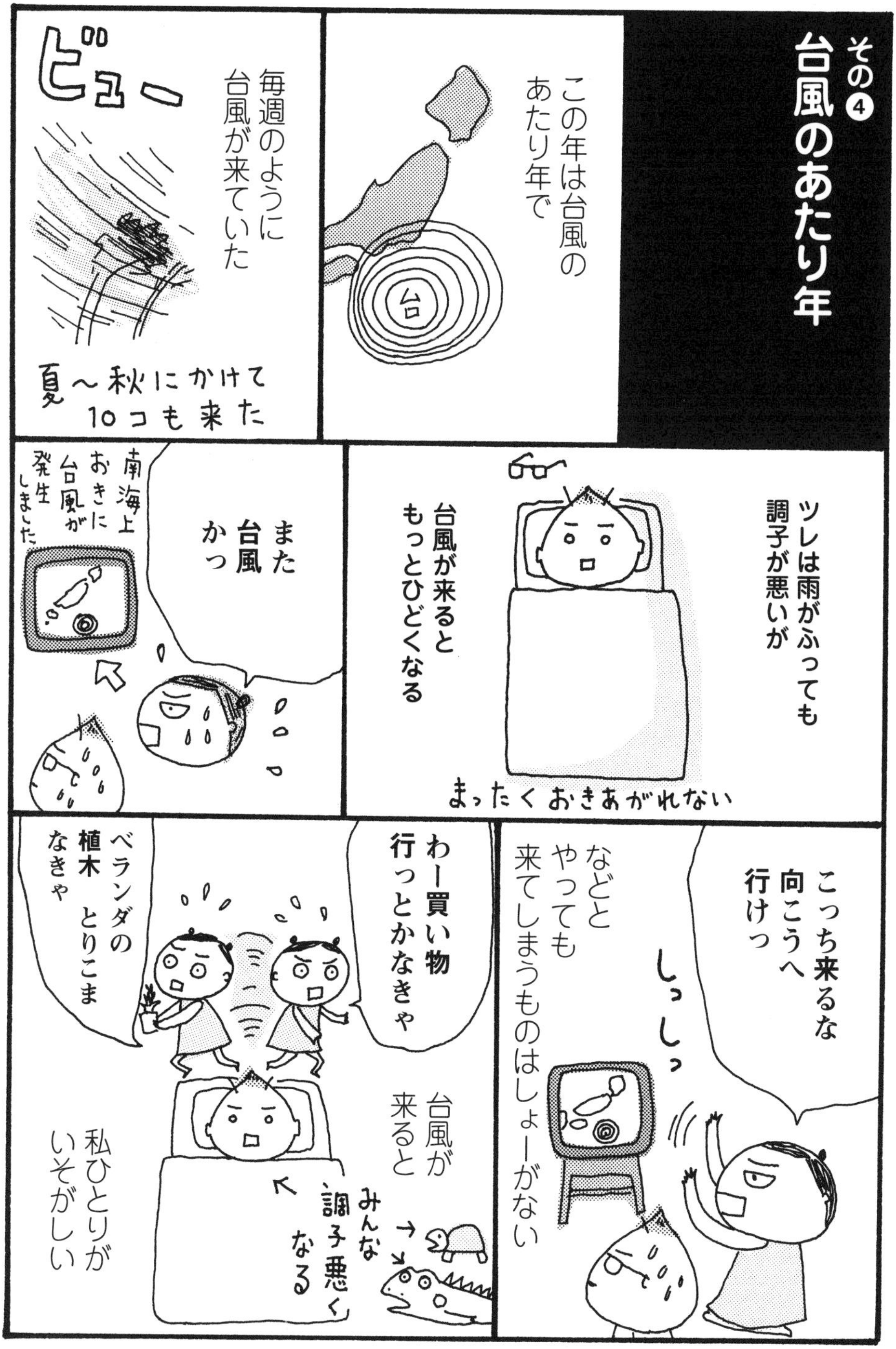
その4
台風のあたり年
この年は台風のあたり年で
台
毎週のように台風が来ていた
ビュー
夏〜秋にかけて10コも来た
ツレは雨がふっても調子が悪いが
台風が来るともっとひどくなる
まったくおきあがれない
南海上おきに台風が発生しました
また台風かっ
こっち来るな向こうへ行けっ
しっしっ
などとやっても来てしまうものはしょーがない
わー買い物行っとかなきゃ
ベランダの植木とりこまなきゃ
台風が来ると
みんな調子悪くなる
私ひとりがいそがしい

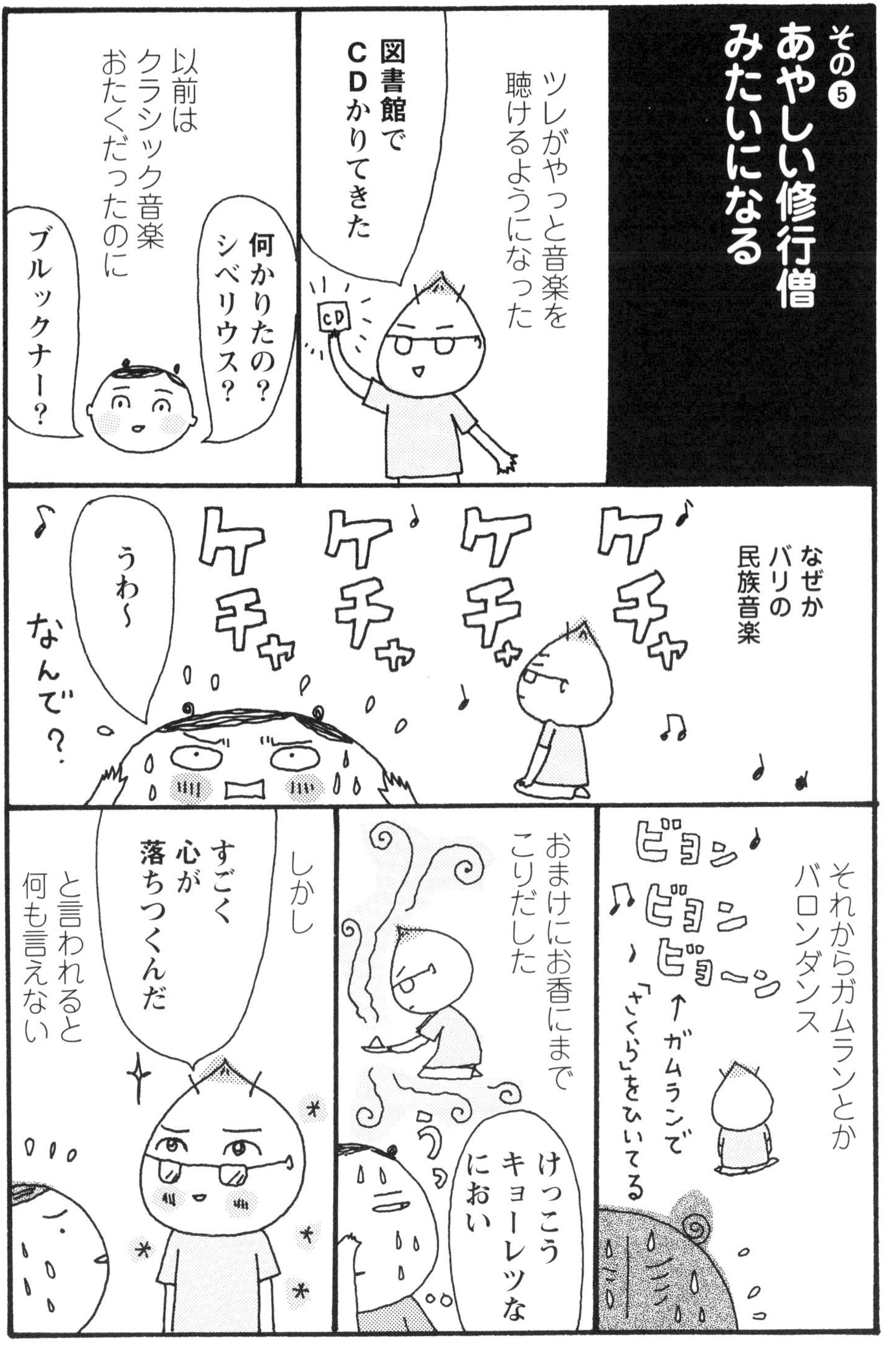
その5 あやしい修行僧みたいになる
ツレがやっと音楽を聴けるようになった
図書館でCDかりてきた
CD
以前はクラシック音楽おたくだったのに
何かりたの？シベリウス？
ブルックナー？
なぜかバリの民族音楽
ケチャ ケチャ ケチャ ケチャ
うわ〜
なんで？
それからガムランとかバロンダンス
ビヨン ビヨン ビヨ〜ン
↑ガムランで「さくら」をひいてる
おまけにお香にまでこりだした
けっこうキョーレツなにおい
う
しかし
すごく心が落ちつくんだ
と言われると何も言えない

ビョン
ビョョ〜ン
ビョーーン
ざぜんくんでる
ビョョーーン
禅の言葉で「吾唯足知《われただたるをしる》」っていうのがあるんだ
は？
人間が生きるのに必要なのは空気・水・食料 立って半畳 ねて1畳のスペース
あとの欲求は心理的な空想にすぎなくて 実は 自分は充足を得ているのだということに気づけば 何も悩むことはない
という悟りについての教唆《きょうさ》だよ
ビョン
昔はこの境地を理解できた気がしたんだけどなあ
くらっ
ビョン
このブームは1週間ぐらいで終わったのでよかった……

その6
不惑の年
ツレは
帰国子女だった
そのことで子供の頃
いじめられたらしい
だから
自分がまわりと
ちがうということに
神経質なところが
ある
今日は
ツレの40歳の
誕生日だった
オメデトウ
逆戻り
しくしくしくしく
カメフトン
なんでよっ
今日は
おめでたい日
なのに

ケーキ買ってきて あげる どんなのがいい？
いらない
じゃ何か プレゼント 買ってあげる
いらない
だってせっかくの 40歳の 誕生日なのに
わ――
よんじゅう って 言うなあ
なんでー？
40歳に なんか なりたく なかった
こんなはずじゃ なかった
何？ 何か理想像 でも あったわけ？
うん

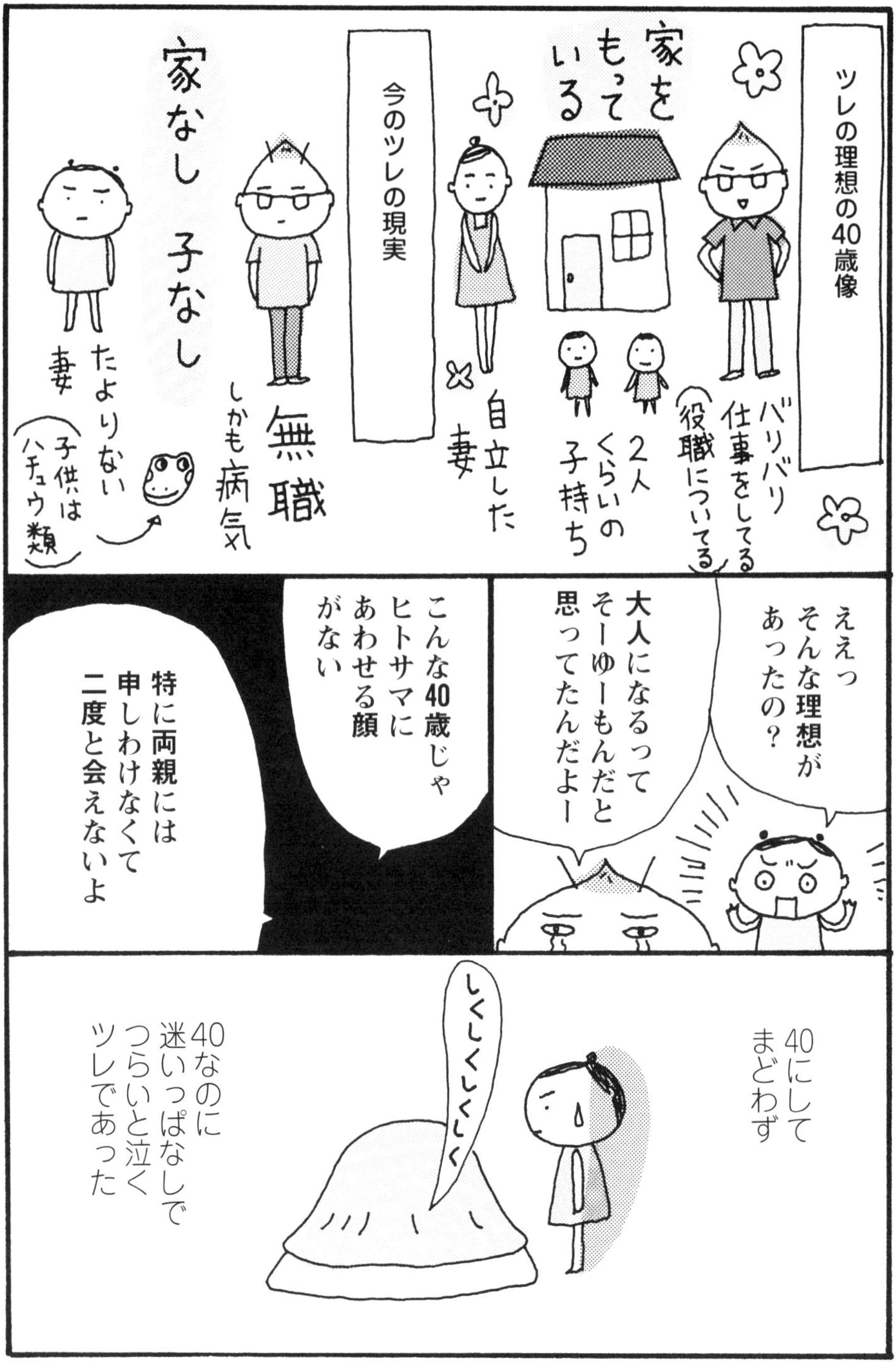
ツレの理想の40歳像
家をもっている
バリバリ仕事をしてる
（役職についてる）
2人くらいの子持ち
自立した妻
今のツレの現実
無職
しかも病気
家なし 子なし
たよりない妻
（子供はハチュウ類）
ええっ そんな理想があったの？
大人になるってそーゆーもんだと思ってたんだよー
こんな40歳じゃヒトサマにあわせる顔がない
特に両親には申しわけなくて二度と会えないよ
40にしてまどわず
しくしくしくしく
40なのに迷いっぱなしでつらいと泣くツレであった

ツ　レ　の　つ　ぶ　や　き　⑥

「気持ちの悪いピーターパン」

大人になっても学校のときの夢を見てしまう人というのは、老若を問わずよくいるようだが、ボクの場合は社会人として会社に通っているのに、疲れてくると「大人になったら何になりたい？」と自分に問うていることがあった。今の自分を人生の収穫期とは思わず、さらなる飛躍を目指して勉学修業中、の気分でいたのかもしれない。

さて、うつ病で倒れ、会社も未練なく辞めてしまい、自分に残ったスキルをいかす自信もなく、気づけば齢《よわい》40歳。大人も大人、誕生よりは死に近いところにいる。明日収穫の鎌を持った死神がやってきて「これで終わりです」と言われる可能性だってある（少し前に発作的に死のうとしていたが、その話は棚に上げておいて……）。そんな自分を鏡で見て、とても落ち込んだ。40歳の誕生日である。

E　S　S　A　Y

その7
40歳ショック
40歳になるので健康診断がうけられます
おしらせ
と 市から お知らせが来た
主治医には 絶対行くよう言われていたので予約しておいた
そんな日にかぎって台風が来る
大丈夫?
一緒に行こうか?
へーき
ビュウウウウ
40歳ショックをまだひきずっているのと台風の二重苦だったけど なんとか出かけるツレ
風にとばされないでねっ
行ってきます
ビュウウウ

病院の受付でさらなるシレンが待っていた
ココに氏名　職業年齢を書いてください
ぎくっ
ぷるぷるぷる
年令 40
職業 無職
現実を思い知らされ激しく落ち込むツレ
どよーん
しかも雨にぬれた体をエアコンで冷やされる
ただ健康診断うけに　来ただけなのになんでこんなにツライんだろ
こんな自分の体を調べてもらうなんて申しわけないなあ
しくしくしくしく
1カ月後
健康診断の結果は　ここ数年で一番よいものでした
やっぱり外からのストレスうけてないから体は健康になってるんだよ

その8 気晴らしさせる
しばらく ひきこもった生活をしていたので
陶芸家のお友達の家に遊びに行くけど来る?
と さそってみた
その日は調子がよかったので ツレもついてきた
そとは あっついねー
はじめて見る陶芸家さんの工房はフシギな空間
わー
主に シーサーを作ってる
ろくろ体験ちょっとやってみる?
美人陶芸家
はっ
ツレがやる気になってる
ハイッ やってみたいです

ぐるぐる
ハイ そのまま 外に広げて いって
あっ
ぐにょーん
ありゃー も1回 やり直しー
コレ
心のみだれが 出ますねっ
集中しろ 集中して みだれを 消すんだー
じー
2回目
先生↓
あら うまい うまい
みごとな 丸形↓
ホラ見て すごく 上手
わー
パチ パチ
やったネ ツレっ
お皿が焼き あがったら 絵付にも 来ます
スゴイよ ツレっ 何かに集中できる ようになったんだね
キャ
完成したお皿は こんなでした
40にして まどわず と書いて ある↓
四 不 十 惑
やっぱり テーマは それかいっ!!

その❾
心のおそうじ
8月に入った
今月こそは楽しい月にするぞっ
久しぶりにツレが前向きな発言をした
スバラシイ
まずは気分を変えるために部屋のそうじをしよう
えっ
この暑いのにそうじするのー?
このへやさ?
はっ
ぐちゃ
なんか……スゴイきたないんですけど
あたりまえだよー
ツレがずっとねてたからちゃんとそうじできてなかったじゃん

この部屋の
みだれ方は
自分の心の中を
反映してる
ようだな
ツレの心→
なるほど
じゃあ 部屋の
そうじをすることは
ツレの心の中も
おそうじするって
ことなんだね?
えっ
それなら
はりきって
そうじしよーっ
ツレの心は
よっぽど大変な
ことになってた
んだな
と思いながら
そうじしました
半日かかり
ました

その⑩ アメリカ人になりたい

連日　真夏日がつづいたせいか　ツレがヘンだ
プシュー
いつもなら飲まないような飲み物ばかり飲んでいる
シュワー
それは
コーラ
コーラ
ソーダ
SODA
ジンジャーエール
ジンジャエール
甘い炭酸飲料
ファンタ
アイスコーヒーにはガムシロップ
前はそーゆーの全然　飲まなかったよねえ？
どーしたの？
こーゆーアメリカっぽい物飲めばアメリカ人みたいに前向きな性格になれる気がして……
えへへ
へ？
毎日　飲みすぎてお腹をこわしたのですぐにやめちゃいました……

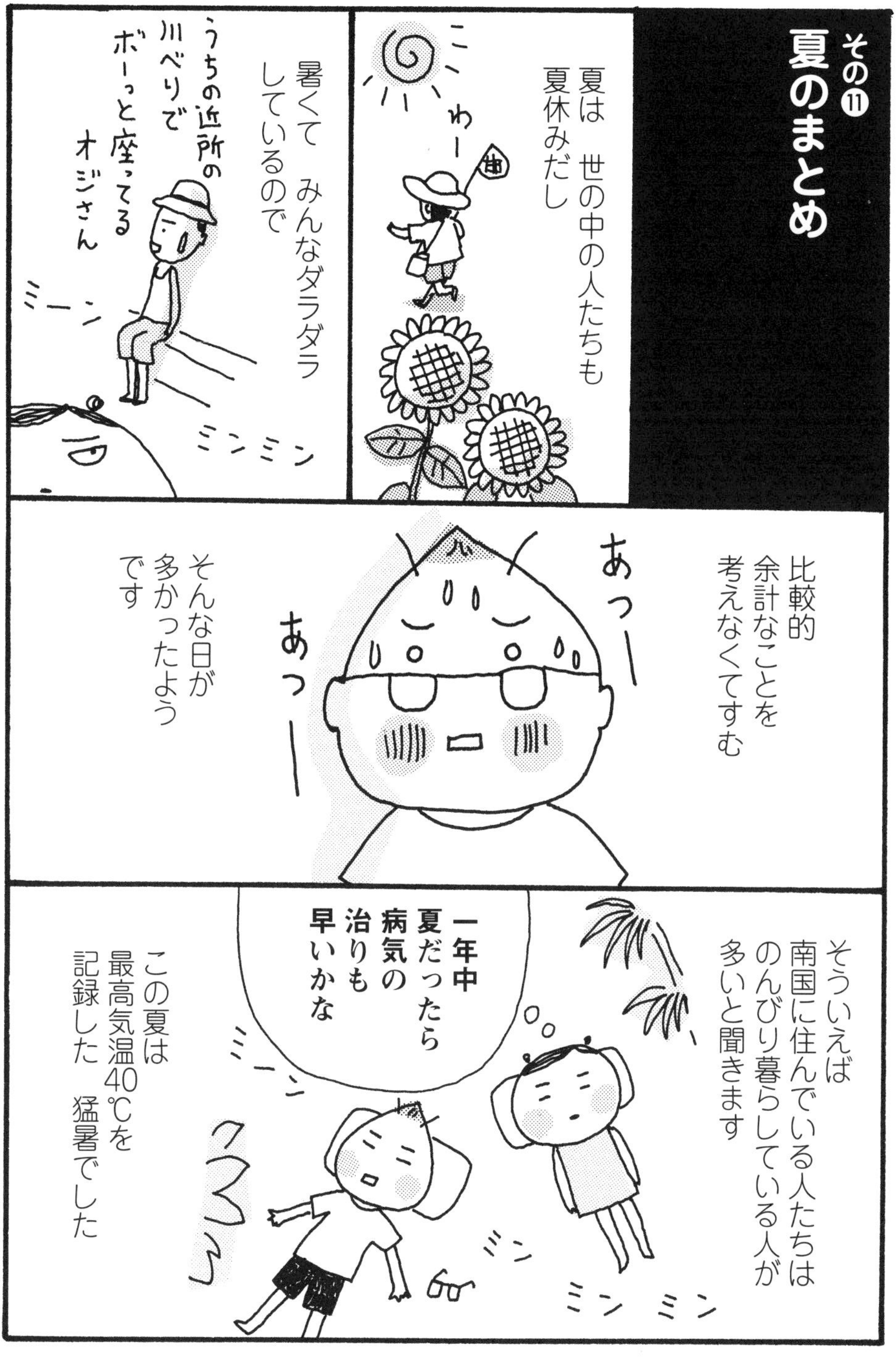

その⑪
夏のまとめ
夏は　世の中の人たちも
夏休みだし
こーわー
暑くて　みんなダラダラ
しているので
うちの近所の
川べりで
ボーっと座ってる
オジさん
ミーン
ミンミン
比較的
余計なことを
考えなくてすむ
あっー
あっー
そんな日が
多かったよう
です
そういえば
南国に住んでいる人たちは
のんびり暮らしている人が
多いと聞きます
一年中
夏だったら
病気の
治りも
早いかな
この夏は
最高気温40℃を
記録した　猛暑でした
ミーン
ミン
ミン　ミン

人生の夏休み

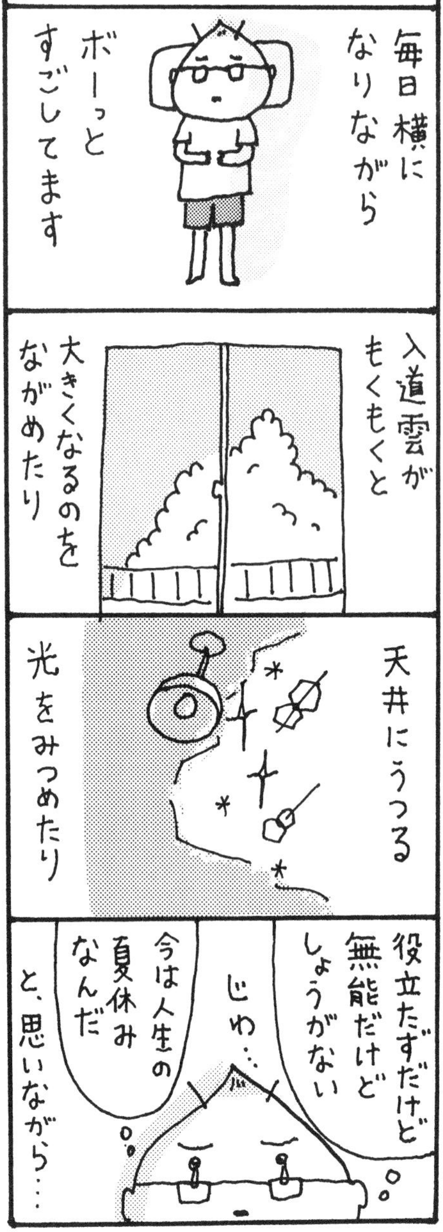
毎日横になりながら
ボーっと
すごしてます
入道雲がもくもくと
大きくなるのをながめたり
天井にうつる
光をみつめたり
役立たずだけど
無能だけど
しょうがない
じわ…
今は人生の夏休みなんだ
と、思いながら……

PART 4

少しずつ、上を向いて歩こう。

その1 感情のジェットコースター
今日はすごく 調子がいいよ 一緒に出かけるよ
ペラペラペラペラペラ
ツレは 回復してくると 時々 そう状態に なることがあった
そういうときは うわついた気持ちで いるので
カード 作りませんか
ええ いいですよ
じゃ この 書類に 記入を
ちょっと!?
アブナイ勧誘にも すぐ応じてしまう
そして 激しく 落ち込む
なんで あんなこと してしまったんだー
なんか 私が 酒飲みすぎて 失敗した次の日みたい
と思う 私でした

ツ　レ　の　つ　ぶ　や　き　⑦

「結婚10年目の同窓会」

カトリック教会には結婚講座なるものがあり、ボクらを含めて8組のカップルが半年もの間、講座に通っていた。そして次々と式を挙げていったのが10年前である。毎年、講座のメンバーで同窓会をやっているのだが、今年は特に10年を振り返っての報告会ということになった。ボクたちは1年前は欠席したので、2年ぶりの参加だった。ボクは手短に勤めを辞めたことと、うつ病になったこと、今では、相棒の手伝いと家事をしながら日々をすごしていることを報告した。相棒の番になって、彼女が立った。

「結婚式のときに読み上げた『誓約』を、また読み上げて胸にこみ上げるものがありました。それは、『順境のときも逆境のときも、病気のときも健康のときも』というところです。去年は彼が病気で……」

そこまで言って、彼女は嗚咽《おえつ》で先がつづけられなくなった。

ボクは自分が病気で、そのことだけで頭がいっぱいだった。だって彼女は健康で順調ではあったのだ。だけど家族であるボクが苦しんでいる痛みを一緒にわかちあってくれていたのだと思う。勝手に病気になってしまって済まない。そして本当によく耐えてくれたという感謝の念で、ボクも胸がいっぱいになってしまった。

ESSAY

その2 電車がこわい
10月 新潟で大地震が起きた
そのとき私とツレは気晴らしにイグアナオフ会に出席していて新宿にいた
かなりゆれた
電車が止まって 家に帰れなくなったらどーしよう
ウチのペットたちは大丈夫だろうかっ
ぱにっく
ツレは その日から電車に乗るのがこわくなってしまった
歩いて家に帰れる範囲しか出かけたくない
こわいっ
う〜〜ここんところ調子よくなってきたのになぁ
ざんねん
またまた家にこもることが多くなる

でも ツレは やっぱりよくなって きていたのだ!!
数日後
電車…… 乗れるように がんばって みるよ
えっ
なんて前向きなんだっ いーぞ ツレ!!
ゴトゴトン
ぶる
ぶる
ぶる
ゴトゴトン
全然 ダメそう
ダイジョーブ?
次の駅で おりるー
ガタ
ガタ
だが乗った電車は快速でずっと止まらない
あと3駅 がまんしてっ
ひー
東陽町
ふらー
どーする? タクシーで 帰る?
もう 乗り物はヤダ 歩いて帰る
えぇっ??
仕方がないので 3時間かけて 歩いて家に帰りました

その3 映画が見られる
この頃 ツレはテレビを見られるようになってきた しかも 映画を見てる
何見てるの？
ぎゃおー
ゴジラ
えっ
ツレってそーゆーのスキだっけ？
スキじゃないよ
でもねーたまたまテレビつけたらやってたんだけど
スゴークおもしろいんだ
おおっ
久しぶりに見たツレの満面の笑顔
じーん
そのときゴジラ映画は生誕50周年とゆーことで毎日ケーブルテレビで放映していた
ありがとうゴジラ

それにしても……
今日もゴジラ?
ゴジラVSモスラ
今日は2本立て?
「地球最大の決戦」
「南海の大決闘」
ギモン…
ねえねえ なんでそんなに ゴジラがいいの?
子供の頃 一度だけゴジラ映画を見たことあるんだ
そのときは子供心に くだらないなーと思って見てたけど
今 ゴジラ見てると 子供の頃の夏休みとか 昔のデパートの屋上に あった
遊園地に 行ったときの わくわくした気持ちが よみがえってくるんだ
あと ゴジラが 街を好き勝手に こわしていくのも いいらしい
ボクも 今の自分 こわしたいよ
ガーン
ツレはゴジラシリーズを ほぼ全作見た テーマ曲をアレンジした 「SF交響ファンタジー」 のCDも買っていた

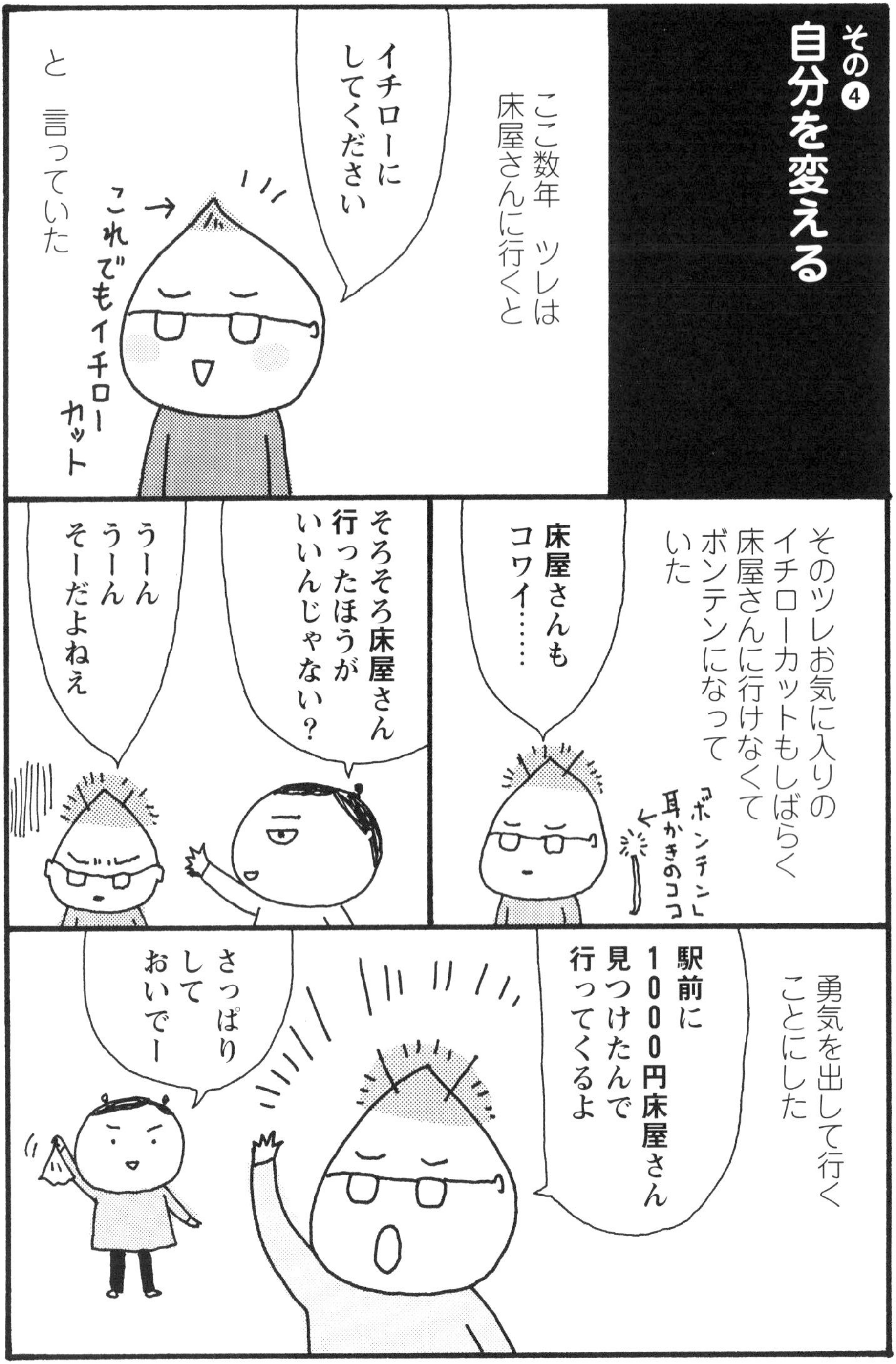
その4
自分を変える
ここ数年 ツレは床屋さんに行くと
イチローにしてください
これでもイチローカット
と 言っていた
そのツレお気に入りのイチローカットもしばらく床屋さんに行けなくてボンテンになっていた
「ボンテン」耳かきのココ
床屋さんもコワイ……
そろそろ床屋さん行ったほうがいいんじゃない?
うーん うーん そーだよねえ
勇気を出して行くことにした
駅前に1000円床屋さん見つけたんで行ってくるよ
さっぱりしておいでー

当然 またイチローカットにしてくるのかと思ったら
ただいまー
あ おかえり
なにその頭っ
丸刈りにしちゃった
えへっ
ホントはもっとツルツルにしたいんだっ
えー それってボウズ?
なんか もー思いっきりちがう自分にしたいなと思って
あっ そーゆーことか……
じゃー いっそのことヒゲも生やしてみたら?
みごとにイメチェン成功っ
ボーズにヒゲ
このカオなら 誰もうつ病だと思うまい

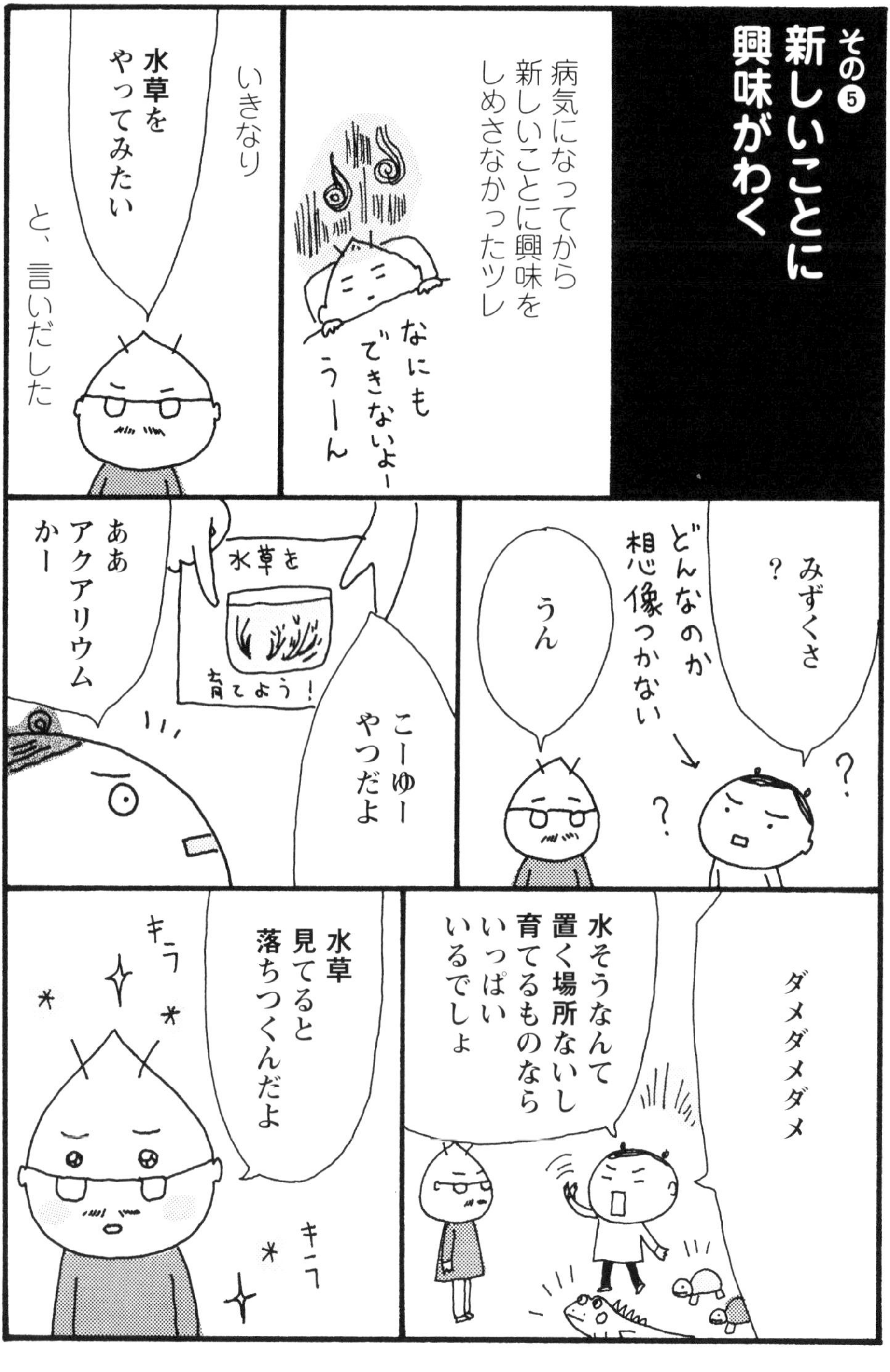
その5
新しいことに興味がわく
病気になってから新しいことに興味をしめさなかったツレ
なにもできないよー
うーーん
いきなり
水草をやってみたい
と、言いだした
みずくさ？
どんなのか想像つかない
うん
こーゆーやつだよ
水草を
育てよう！
ああアクアリウムかー
ダメダメダメダメ
水そうなんて置く場所ないし育てるものならいっぱいいるでしょ
水草見てると落ちつくんだよ
キラ
キラ

たしかに 水族館とか いやされるよなあ
うーむ
でもやっぱり ダメ!! 水そうは倒したら 大変だし
えーー
以前のツレなら これで終わったのに
ひとりで 行って 買って きちゃった
今はちがった
なーにー
しかも 魚まで 買ったの?
メダカとエビ……… 何も泳いでないと寂しいでしょ
ツレが何かに 興味を持てるように なってうれしい…… でもねえ……
うちは 動物園かっ

その6
冬至はつらい
うつ病は太陽の光と関係しているという説もある
太陽をあびるとセロトニンが出やすくなる
だから太陽があたらない時期のほうが　なりやすいそうだ
そういえばツレも年末頃悪くなってきてたらしいね
冬至の頃だけ　うつの症状を出す人もいるっていうしさ
ツレがねこんじゃうのはしょーがないよ
うん……
この時期はみんなうつうつとすごしてんだからさ
ツレひとりがつらいわけじゃないしへーきへーき
うん……
春になればまた回復してくるよ
冬はつらいけど希望を持てる季節でもあるんだって思ったそんな時期……

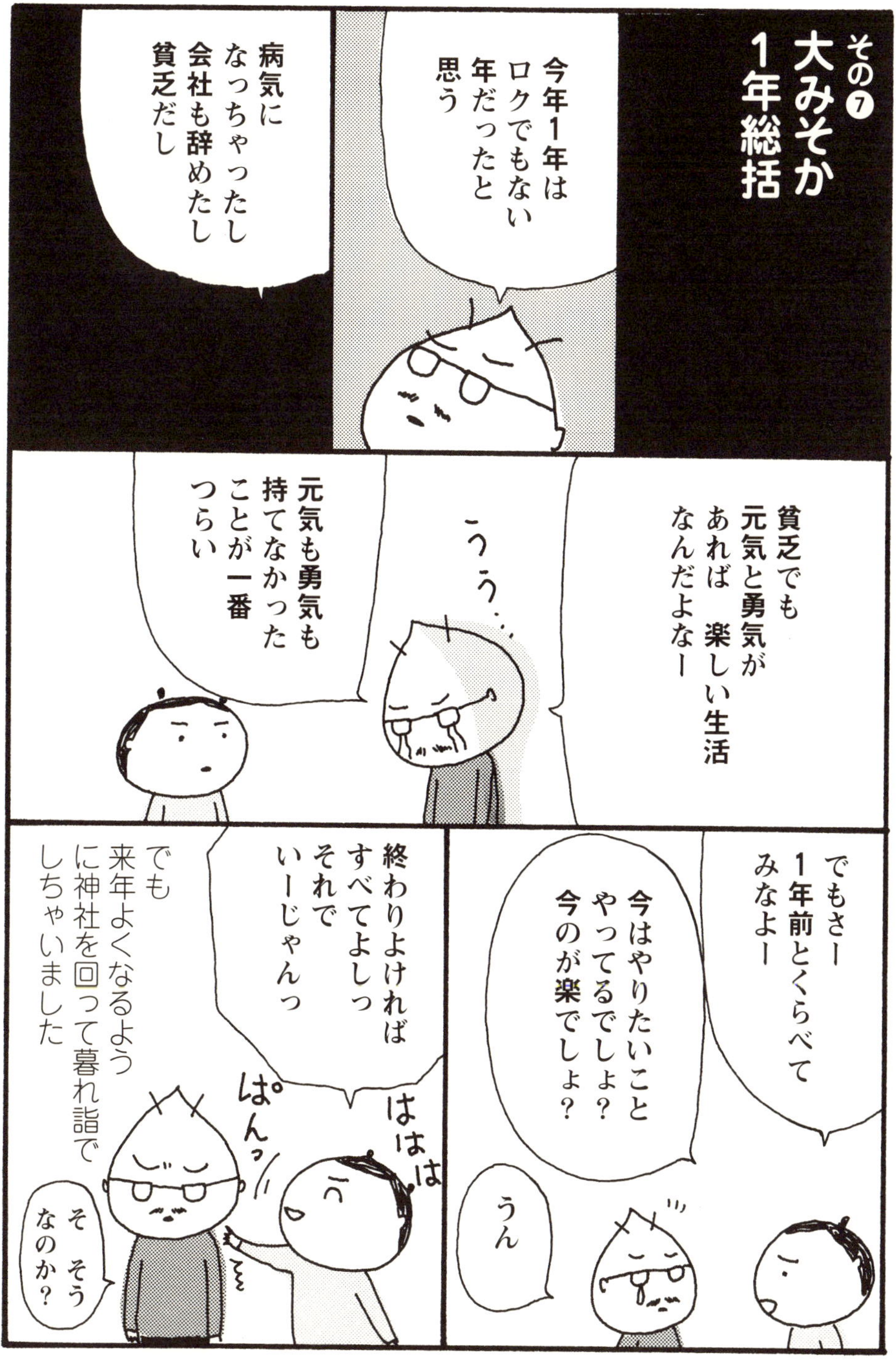
その7 大みそか1年総括
今年1年はロクでもない年だったと思う
病気になっちゃったし会社も辞めたし貧乏だし
貧乏でも元気と勇気があれば 楽しい生活なんだよなー
うう…
元気も勇気も持てなかったことが一番つらい
でもさー 1年前とくらべてみなよー
今はやりたいことやってるでしょ? 今のが楽でしょ?
うん
終わりよければすべてよしっ それでいーじゃんっ
ははは
ぱんっ
そ そうなのか?
でも来年よくなるように神社を回って暮れ詣でしちゃいました

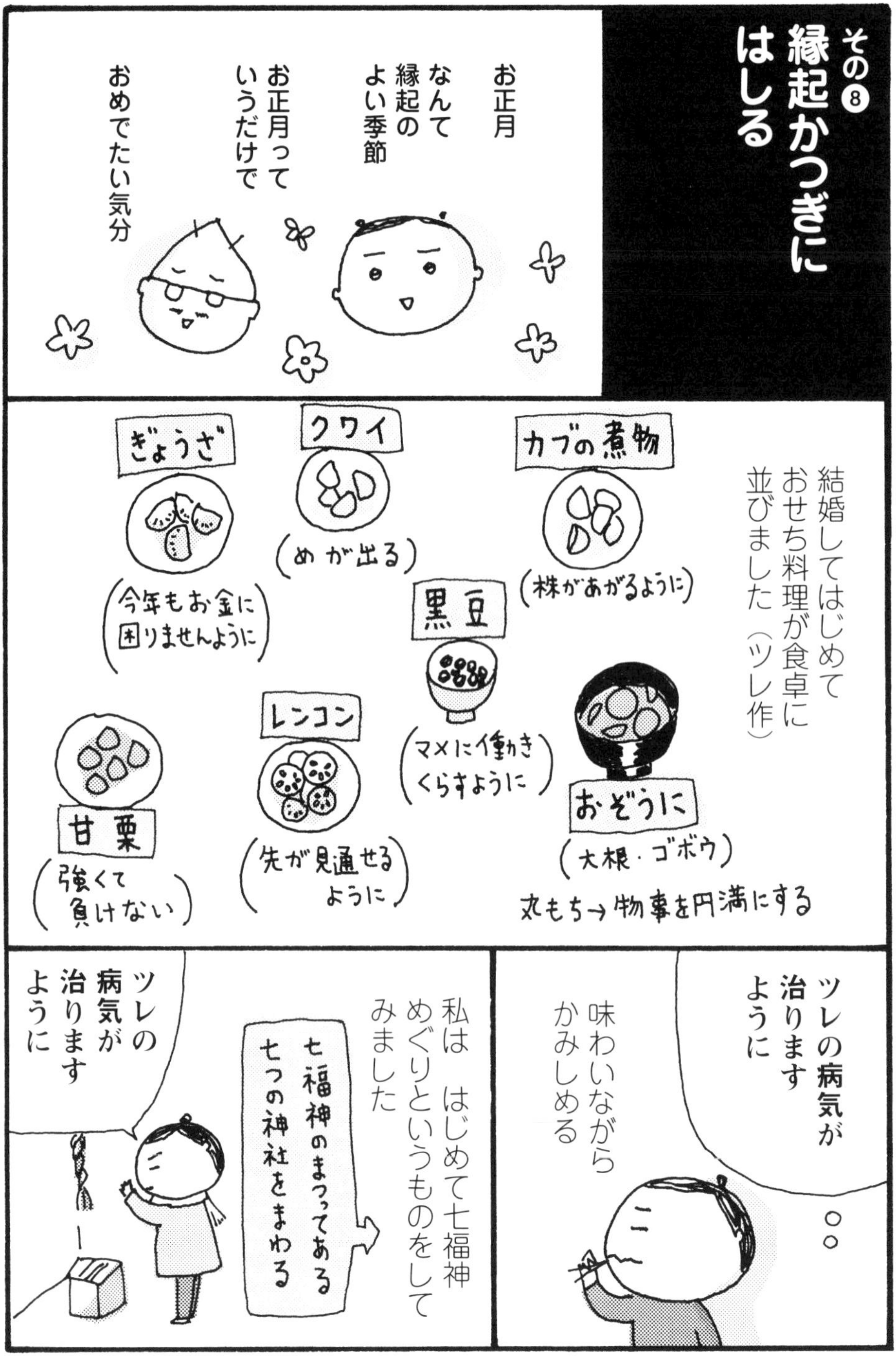
その8 縁起かつぎにはしる
お正月 なんて縁起のよい季節
お正月っていうだけで
おめでたい気分
結婚してはじめておせち料理が食卓に並びました（ツレ作）
カブの煮物
（株があがるように）
クワイ
（めが出る）
ぎょうざ
（今年もお金に困りませんように）
黒豆
（マメに働きくらすように）
おぞうに
（大根・ゴボウ）
丸もち→物事を円満にする
レンコン
（先が見通せるように）
甘栗
（強くて負けない）
ツレの病気が治りますように
味わいながらかみしめる
私は はじめて七福神めぐりというものをしてみました
七福神のまつってある七つの神社をまわる
ツレの病気が治りますように

節分
無病息災を願って恵方巻《えほうまき》を作る（ツレが）
ちょっとでかすぎない？
願いながら一気に食べる
ツレの病気が治りますように
その年の恵方を向いてたべる
くっくるしい
うぐぐ
湯島天神で節分用の「福豆」を買う
福豆
100円
数え年の数だけ食べるんだよ
ボリボリ
ホントにご利益があるかわかんないけど一応安心します
ハハハハ
これだけやってんだから大丈夫大丈夫
なおるよー
そーかな？

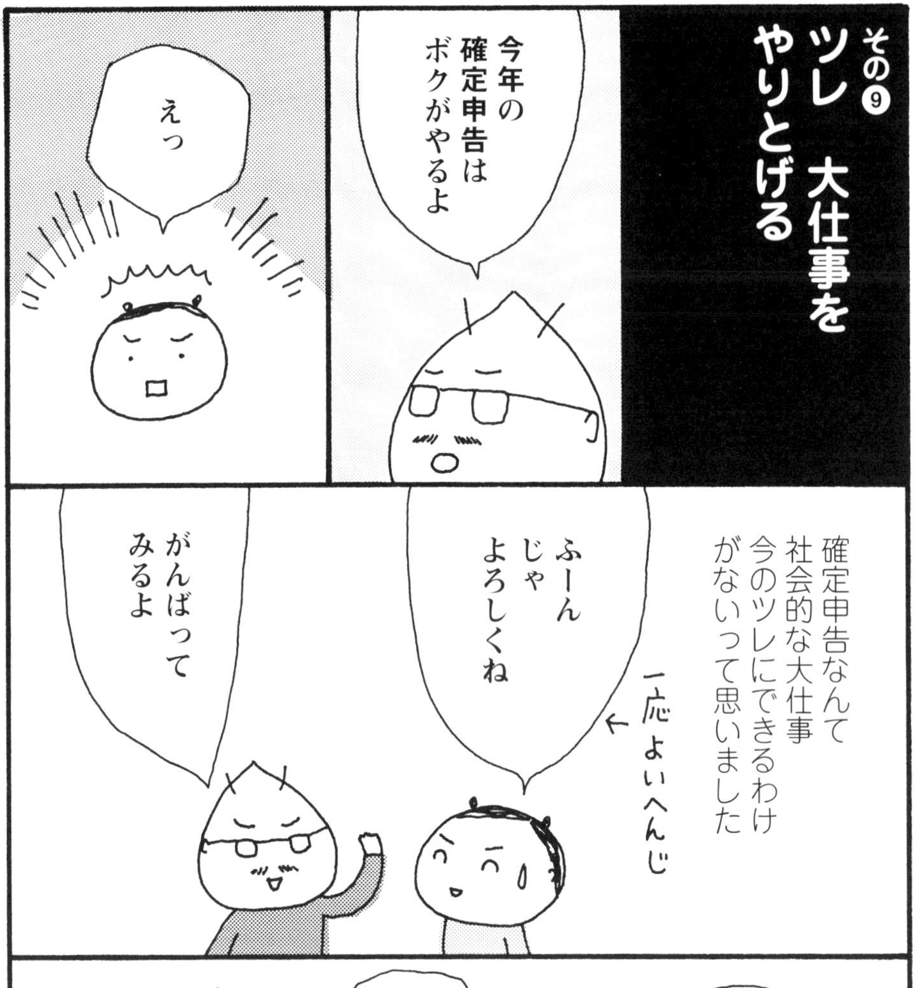
その9 ツレ 大仕事をやりとげる
今年の確定申告はボクがやるよ
えっ
確定申告なんて社会的な大仕事今のツレにできるわけがないって思いました
一応よいへんじ
ふーん じゃ よろしくね
がんばってみるよ
でも 勤めてた会社に連絡取らなきゃダメなんだよ？
できる？..
うっ

ツレはものすごく
がんばって連絡をした
でんわは
コワイから
メールで
ボクが
辞めたあと
会社なくなった
んだって
えーっ
それじゃ結局
早く辞めちゃって
よかったんじゃ
ない？
うーん
……
ツレはそれなりに
複雑な気持ちだった
ようだけど
うーん うーん
うーん
よしっ
ばっ
ついに わが家の確定申告を
やりとげたのでした
確定
申告
すごい進歩だよ
ツレ……
パチパチ

その⑩
自信がつく
確定申告をやりとげたツレは　めきめきと自信をつけていきました
そろそろ電車に乗ってみようと思う
えっ
つらいよー
だ　だ　大丈夫？
そんなにあせらなくても
なんとなくいけそうな気がする
今回はちゃんと各駅停車に乗りました
つらくなったら言うんだよ
うん
ゴトゴトン
ゴトゴトン
ドキ
ドキ
ドキ
ドキ
電車ぶじクリア
オメデトウツレっ

行き先は
会社に勤めていたとき
よく行っていた
新宿御苑
わー
1年ぶりだ
このベンチで
よくお弁当を
食べたんだよ
へー
あのビルが
勤めてた会社が
あった所
もうなく
なっちゃった
んだねー
会社を見て
暗い気持ちを
思い出すのではと
ドキドキしたけど
そんな様子はなく
楽しんでいたみたい
次の日は
ねこんだので
ハラハラ
したけど
その次の日は
フツーに戻って
ました
あきらか
によくなっ
てきてる!!

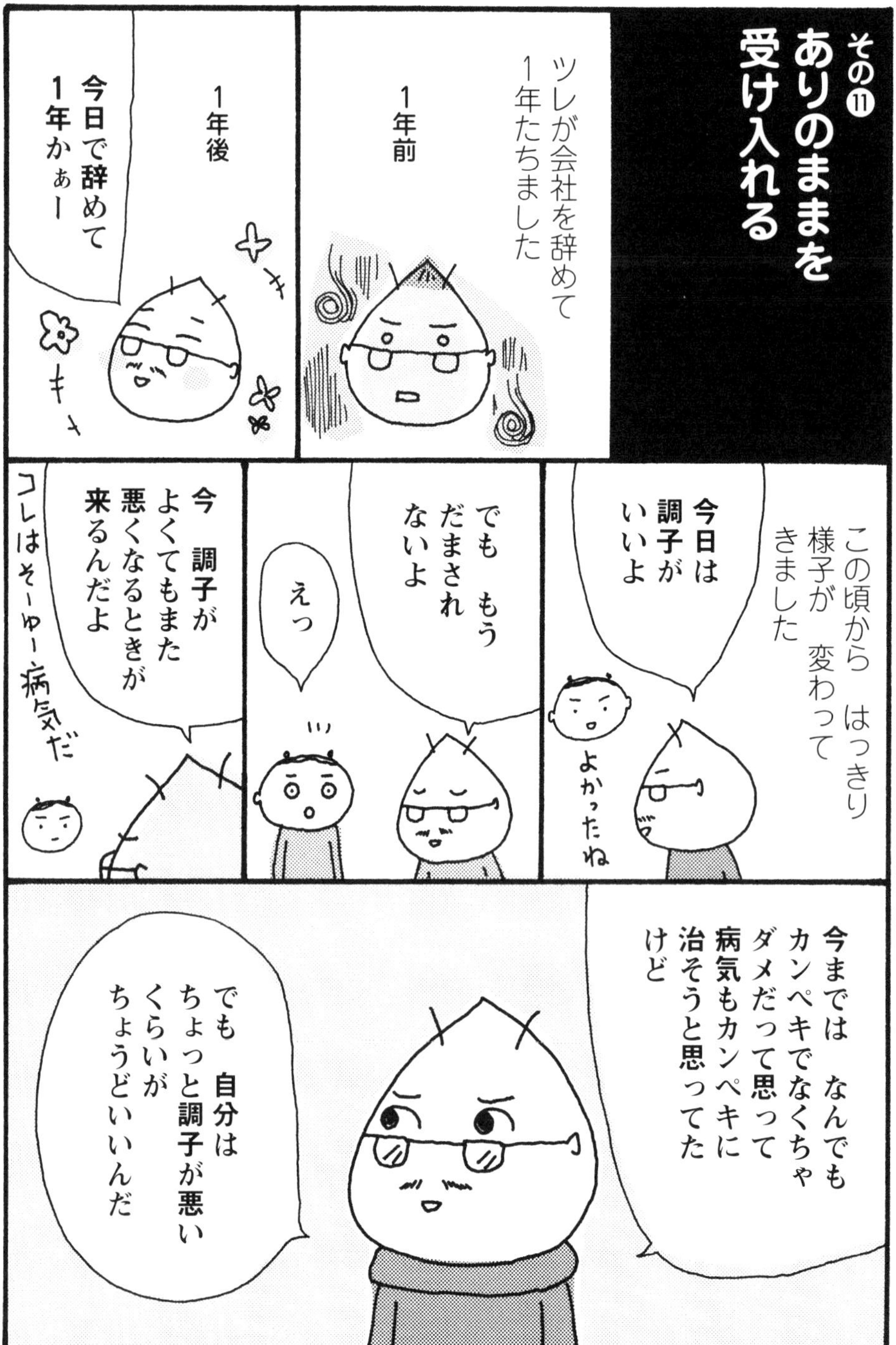
その⑪
ありのままを受け入れる
ツレが会社を辞めて1年たちました
1年前
1年後
今日で辞めて1年かぁー
この頃から はっきり様子が 変わってきました
今日は調子がいいよ
よかったね
でも もうだまされないよ
えっ
今 調子がよくてもまた悪くなるときが来るんだよ
コレはそーゆー病気だ
今までは なんでもカンペキでなくちゃダメだって思って病気もカンペキに治そうと思ってたけど
でも 自分はちょっと調子が悪いくらいがちょうどいいんだ

やっと そう思える ように なったよ
だから きっと これからのボクの 40代は スバラシイ
えっ
あんなに あんなに 40歳という事実を 避けてきた ハズなのに……
ツレの 頭ん中 どー なってんだろ 見てみたい
よーし やるぞー
当分 薬は飲みつづけなきゃ いけないし 落ち込みも来るけど
病気をして ツレは生まれ変わった そう感じている私です

ほのぼの 番外編
うちのヘンな家族
てんてん
いぐ
ツレ
うちの家族は妻（私）と
夫（ツレ）と
息子のイグです
ヘンな家族でしょ？
グリーンイグアナだ

ツレがひるねをしていると
ずさー
ずさー
ずさー
ペロッ
ヨイショ
どしん
うーん
うーん
ペロッ
ペロッ
ほほえましい
こんなのがうちの日常です

息子の冒険
息子が　玄関のほうに歩いていく
ずざー
ずざー
玄関に行ってどーするつもりなんだろーね
何するのか見ててやろう
ペロッ
ペロッ
あっ
ちょっとやめてーキタナイ
だっ
さっ
?
玄関にわたぼこり食べに行ったのか
息子は　なぜかほこりが大好き

さびしんぼう
私とツレはよく
ろうかで新聞を読む
ずさー
ずさー
ん？
イグも見に
来たの？
あっ
ぐしゃー
ぐしゃー
じゃま
イグが
するから
あっちで
テレビ
見ようか
すっ
そーだね
やっぱり
こーなる
重いよ
イグ
パパとママが
好きなのかな？

あまえんぼうさん
じー
こわい本→
ドキン
ゴクリ
ドキン
ドキ
ドキ
ドキ
ぺらっ
ぬっ
ペロ
わー
音もなく近づいてくるから
ひー
びっくりするんだよー
本人は甘えているだけなんだろうけど……

いばりんぼう
息子は「オレはエライ
オレはエライ」と首をたてに
ふる
ぶんっ
ぶん
ホラ
オレ
スゴイ
ムーフー
手足をつっぱって
空気を吸いこみ　体を
大きく見せて
いばる
ぶん
ぶん
ふーん
イグちゃん
エライんだね
そーか
そーか
エライのか
と言ってアゴの下を
なでると
「いやーん」って
顔をする

かなしいこと
イグは かわいいなあ
とツレは言うが
どー見ても コワイよ ウロコだらけだし
と私は思う
でも
うちの息子です
やー コワイっ
ハハハ コワイですか?
ゴメンナサイ
いえ私ったらつい 本音を…
人に言われると けっこー傷つく 母

うちにくる？
うちに人が来るとき必ずする質問
つかぬことをお聞きしますがはちゅうるいはおスキですか？
大丈夫です
と言う人ならOK
ほっ
ダメです
と言う人は一生うちには来られません
ざんねん
ちなみに私の父はうちに遊びに来られません
オレは三角の顔したイキモノはダメなんだ
超はちゅう類ギライ
さんかくのカオ

おわりに　ツレ

病みは闇なり。

およそ1年半の闘病生活を乗り越え、振り返って思う。まさに自分は闇の中にいたのではないかと。闇の中にいるときは、あせって動けば障害物にぶつかり、また足元の起伏で転んでと、痛みが増すばかりであった。何も見えていないのだから、動き回ることはたいそう危険である。

かといって、じっとしていても寒さが身にこたえ、どうにかしなければならないという思いが頭をもたげてくる。この闇は永遠に続くのではないかと思える。

そんなとき、心ある知人が直接、または人づてに、僕に箴言《しんげん》を伝えてくれた。「夜は必ず明ける」と。

しかし絶望のさなかにいる僕にとっては、むなしい気休めにしか聞こえなかった。

それでも、むなしく響く言葉の繰り返しも、今にして思えば僕の心に一条の光をもたらしてくれていたのかと思う。結果的に、それは真実だった。

今、まさに闇の中にいる人たちにとって、僕が同じ言葉を繰り返し言っても、やはりむなしい気休めのように響くかもしれない。しかし、あえて言おう。

「夜は、必ず、明ける」

この病気の不思議で怖いことは、なぜだか本当に死にたくなってしまうところだ。

僕自身、そうしたことを元気な頃から知識としては知っていた。でも、実際に自分がそのような気分にはまると、予想とはまったくちがった。それが日常となって持続していた時期は、今、思い出しても一番つらかった。

そうした気分から脱した今となっては、もはやその焦燥のような、むずがゆい不快感を思い起こすことは難しい。自分自身ですらこうなのだから、病人の周囲の人たちが、その気持ちを理解したり、想像したりするのは、とても困難なことなのだろう。しかし、病人にとってはそれだけがリアルな現実で、薬であせりや不安を抑え、ただ時間が流れるのを耐えて待つしかない。

僕も、永遠に続くとさえ思われた不安な時間をすごした。そして少しずつ、少しずつだけど回復し、気がついたらあのあせりや不安からはこんなに遠くにいる……。

最後に、僕の闘病でいろいろとご迷惑をかけた皆様、支えてくれた友人知人家族に感謝の気持ちを送りたいと思う。また、この非常事態にも持ち前のユーモアと深い洞察力で観察しながら対処してくれた、偉大な、偉大な、相棒に本当に感謝したい。そして、この本を手に取ってくれた皆様、ありがとう。今日も僕は生きています。

感謝を噛みしめて。

おわりに　貂々

ツレがうつ病と診断されて2年たちました。1年目はこの本に描いたとおり、誰が見ても憂鬱なわが家でした。けれども2年目になると、前半は1年目と似たような感じだったのですが、夏を過ぎてから落ち込みも少なくなり、秋に薬を減らせるようになり、冬にはほとんど完治に近い状態になりました。

今は普通の人と同じような生活が送れるようになり、日常生活はほぼ元通りになりました。けれども、ツレ自身は病気をする以前とは微妙に違う人間になりました。

以前のツレは頑固で自分の決めたことは絶対に譲らず、神経質で人の言うことなんか聞かないような人間でした。それが病気をしたことで、やわらいだ気がします。

今思うとうつ病になったことは、ツレの人生の中で避けて通れなかったことのように思います。これは仕方のないことだったのです。

ツレは病気になってはじめて自分の弱さに気づくことができたので、うつ病になったことは決して無駄にはなっていないと思います。

そのことに関しては私も同じで、私はツレが病気になるまで何もかもツレを頼って生きてきたことに気づきました。ツレが病気で苦しんでいるときはなるべくツレの負担にならないようにしなくちゃいけないのに、逆にグチをこぼしてしまったりして「あ、やばい」

と思うことが何回もありました。
私はそれまでは暗い後ろ向きな考え方をするのが楽ちんで好きだったのですが、それは頼れる人がいるからやってしまうこと。自分がしっかりと生きていくためには明るい考え方をして前向きに生きていかなきゃいけない、ということに気づきました。
私にとってもツレの病気は財産になったのです。

私が考えていた以上に、世の中には「うつ病」が蔓延《まんえん》していて、心が疲れてしまってる人が多いんだなあってびっくりします。「うつ病は後ろめたい病気ではなくて、誰でもなる病気だし、ちゃんと治療をすれば治りますよ、大丈夫ですよ」と、この本を通して皆さんにお伝えできたらうれしいなあと思います。そしてたとえ病気になってしまっても「人生の夏休みなんだ」と思ってゆっくり休養してください。その時間は自分と向き合える貴重な時間でもあるのです。

かわいらしいデザインをしてくださったデザイナーの守先さま、この本を「出しましょう！」と言ってくださった幻冬舎の管野さま、ありがとうございました。そして、ツレが病気の間、支えてくださった皆さま、ありがとうございました。

〈プロフィール〉
細川貂々（ほそかわてんてん）

1969年生まれ。セツ・モードセミナー卒業後、
漫画家、イラストレーターとして活動。
著書に『おでかけブック』『かわいいダンナとほっこり生活。』などがある。
夫とペットのイグアナと同居中。

ブックデザイン　守先正＋桐畑恭子

ツレがうつになりまして。

2006年3月25日　第1刷発行
2007年3月15日　第18刷発行
著　者　細川貂々
発行者　見城 徹

発行所　株式会社 幻冬舎
〒151-0051 東京都渋谷区千駄ヶ谷 4-9-7
電話　03(5411)6211(編集)
03(5411)6222(営業)
振替　00120-8-767643
印刷・製本所　株式会社 光邦

検印廃止

ISBN4-344-01143-0　C0095
幻冬舎ホームページアドレス　http://www.gentosha.co.jp/

この本に関するご意見・ご感想をメールでお寄せいただく場合は、
comment@gentosha.co.jpまで。